中华民间经典故事会

鲁班传说

怡安 选编

民间故事

人物传说

中国社会出版社

图书在版编目(CIP)数据

鲁班传线:人物传说/怡安选编.—北京:中国社会出版社,2010.1

(中华民间经典故事会)

ISBN 978-7-5087-2943-5

Ⅰ.①鲁… Ⅱ.①怡… Ⅲ.①民间故事—作品集—中国 Ⅳ.①I277.3

中国版本图书馆 CIP 数据核字(2009)第 207716 号

丛 书 名:中华民间经典故事会
出品策划:李春园
书　　名:鲁班传线:人物传说
选　　编:怡　安
绘　　图:王无骄
责任编辑:李春园

出版发行:中国社会出版社　　　　邮政编码:100032
通联方法:北京市西城区二龙路甲 33 号新龙大厦
电　话:(010)66080300　(010)66085300
邮购部:(010)66060275
电　传:(010)66051713
编辑室:(010)66060097
网　　址: www.shcbs.com.cn
经　　销: 全国各地新华书店

印刷装订: 中国电影出版社印刷厂
开　　本: 150mm×225mm　1/16
印　　张: 11.25
字　　数: 106 千字
版　　次: 2012 年 3 月第 2 版
印　　次: 2013 年12月第 4 次印刷

定　　价: 19.00 元

编者的话

过去时兴“讲古”，劳动的间歇、热闹的市集、“猫冬”的时候……在人们聚会的所有场合，都会说笑话、讲故事。千万不要小看这些在炕头、在村口讲述的故事，什么是好、什么是坏、什么是美、什么是丑、谁是好人、谁是恶人，说得一清二楚，以一种使人愉悦的形式对人们进行着道德教育，潜移默化中构建起大众共同的价值体系。

这些故事是民间知识读本。它告诉你，我们的先人是怎么理解宇宙的构造、人类的起源、万物生成的来历、人和人之间的相互关系。同时也把民间历史知识如数家珍地演述出来。这种叙说，虽然没有历史学家所表述的那么公允，但是却更明晰地体现了民众最朴实的评价。为人民做了好事的，就应该受到褒奖和称赞；为非作歹、迫害人民的，就应该受到讽刺和鞭挞。这些故事也许并非是真实发生的，但却在某种程度上反映了更高层次的“真实”。

这些故事是调剂我们先辈艰难枯燥生活的精神食粮。在衣食无着、艰难困苦的劳动生活中，故事成为让他们的心灵得到慰藉和愉悦的最佳方式。听故事、讲故事，在笑声中获得一种胜利者的满足。故事的好处是说不尽的。我们哪一个人不是在故事的陪伴下成长起来的呢？这里所说的故事，是广义的概念，包括神话、传说、狭义的故事、笑话等在内的所有口耳相传的散文类民间叙事作品。

神话是庄严的、远古的神圣叙事，涉及宇宙起源、人类诞生、大自然的形成和变化，人类的一切发明和创造，万物的起源以及鬼神世界等，把人们带到了悠远而又神秘的亘古时期。

我们周围的山山水水、动物植物，一位位历史人物、一桩桩历史事件……所有的一切无不被民众以传说的方式演绎成脍炙人口的艺术作品，当做“可信的史实”口耳相传，汇成浩瀚的传说海洋。

故事是最为民众喜闻乐见的民间叙事体裁。这类作品里充满着幻想与虚构，任凭你张开想象的翅膀，让思绪恣意驰骋，神奇的宝物、万能的神仙……使勤劳善良但却被侮辱、被损害的主人公们都能终得善果、天从人愿。

即使是以现实生活为题材的讽刺性故事，也多以虚构为主要叙事手法。十二生肖排座次的故事里，老鼠和牛比大小争第一。老鼠想出一个巧主意，要骑在牛背上逛街。满街的人都喊“好大的老鼠”，却没有一个人理会已经司空见惯的牛。于是老鼠自然就在十二生肖里排了个第一。这样的故事虽然没有神奇的幻想，却以巧妙的虚构贯穿始终，更加生动隽永，意趣盎然。

故事流传的历史，就是一部民众世代延续的生活史，凝聚着先人的心血和才智，是我们中华民族智慧的结晶。那么到了今天，这些故事还有意义吗？科技的飞速发展让幻想不再有神奇的意蕴，在这样的环境中，故事还有存在的空间吗？还能继续发挥它曾经有过的作用吗？

一位伟大的思想家说过，想象具有永久的魅力，是不可企及的艺术高峰。开天辟地的盘古、填海的精卫、挖山不止的愚公、补天的女娲……这些主人公的精神不是仍然在鼓舞着今天的我们吗？牛郎织女的传说、嫦娥奔月的传说、梁祝的传说……这些瑰丽多姿的传说故事，化作世代传袭的文化血液流淌在每一个中国人的身体里。就如同中秋的圆月，早已成为凝结着民族情感的文化符号。今天，这些文化遗产在带给我们灵感和力量的同时，让我们更充实、更奋进，更乐观向上、更有幸福感。

民政部、中央文明办、文化部、新闻出版总署、国家广电总局、中国作协六部委主办的“万家社区图书室援建和万家社区读书活动”是惠及亿万城乡读者的民心工程，现在贡献给各位读者的《中华民间经典故事会》正是其中的一个具体项目，希望我们优秀的民间文化通过图书援建和读书活动得到传承和弘扬。这些故事都是搜集于二十世纪七八十年代的口传作品，很少经过文人的润改和再创造，最能体现在民间流传的原汁原味。在此要特别感谢所有的讲述者和记录者，他们的无私奉献使凝聚着民族智慧的优秀民间故事得到很好的保护和传承。希望这套丛书不仅能够为亲爱的读者提供欣赏的愉悦，也能够借此提升我们大家对祖国文化遗产的关爱。

目录

目录

公冶长为什么懂鸟语

据说，孔子的弟子公冶长懂鸟语，他怎么懂鸟语呢？这还有段故事。

有一天，公冶长拿着锄头上山干活儿，看见一条黄长虫和一条黑长虫在咬仗。黄长虫长得小，是条母的；黑长虫长得大，是条公的。咬来咬去，黑长虫就把黄长虫压到身底下了。其实呀，它们俩不是咬仗，而是在亲近呢，公冶长哪里知道哇！他以为黑长虫在欺负黄长虫，就跑上前，举起锄头朝黑长虫打去。这一锄头下去不要紧，没打着黑长虫，倒把黄长虫的尾巴砍掉了。黄长虫疼得打了个滚儿，拖着受伤的身子跑了。黑长虫吓得"嗖"的一声钻进草丛里去了。

黄长虫跑回家里，哭着对老长虫说："妈，你快看看呀！女儿我今天出去玩耍，无缘无故地遭到公冶长毒打，尾巴都给砍掉了，疼死女儿了！"老长虫一听，这还了得！就去找公冶长算账。

晚上，公冶长趴在桌子上写字，他妈在炕头躺着。"嗖"的一声，老长虫打窗户眼儿钻进来，直奔公冶长而去。老长虫有碗口那么粗，瞪着眼睛，张着大嘴，伸着红舌头，围着桌子来回转悠。公冶长他妈吓得要命，忙问公冶长："孩子，你今儿个在山上闯什么祸了?""我没闯祸呀!""怎么蟒仙找上门来了?"母亲这么一提，公冶长倒想起来了，就把上山看见两条长虫咬仗的事对他妈说了一遍。老长虫一听，明白了，"嗖"的一声就走了。

老长虫回到家里，便拷打女儿："呸！你这个不要脸的东西，你出去跟黑长虫调情，败坏门风，公冶长好心相救误伤了你，怎么说是人家毒打你呢?"黄长虫见事已败露，只好认错。老长虫说："光认错不行，我们得好好谢谢人家。"说完，老长虫奔公冶长家去了。

夜深了，公冶长和他妈都睡了。老长虫进屋后，悄悄地来到公冶长身边，嘴对嘴地朝公冶长嘴里吐了一口水。公冶长一下惊醒了，觉得口中清凉凉的，咽了一口唾沫又睡了。老长虫看后，点了点头，便走了。

天亮后，公冶长到院子里一听，哎呀！树上的鸟雀怎么都在说话呢？它们在唱些什么，说些什么，公冶长都能听明白。老长虫这一口水使公冶长懂百鸟之语了。

讲述者：刘金树　女　69岁　新金县大谭镇山嘴村　农民
采录者：王连发　新金县文化馆　干部
采录时间：1986年6月
采录地点：新金县大谭镇山嘴村

秦始皇火烧黄松

万里长城修到绥中永安境内就算修完了。这天，秦始皇刚要下圣旨，放修城的民工们回家，可突然接到了修长城的总监工蒙恬的奏本，说是在长城外东北部的加碑岩一带，发现了一片林木，树木长得笔直又坚硬，最细的也有

一搂多粗。奇怪的是，那树连叶带干全是黄色儿，形状跟松树差不多，当地人叫它黄松，也叫黄木。

秦始皇看完奏本，就要派人去砍树。又一想：不行，这些黄木在长城外边，虽然这次归我砍了，可下次要是被别人砍了咋办？嗯，干脆再修一段儿长城，把它围在里边，这不就不用砍了吗。想到这儿，他下了一道圣旨：修长城的民工不准回家，再接着往前修。

这下子修城的民工们可遭殃了，纷纷叫苦，就连那些监工的也觉得离家这么多年了，谁不想回家看看呢？这秦始皇太贪心了，先说修长城挡胡人，今儿个又说修长城围黄松，围完了黄松还指不定要围什么呢！干脆，宁可死在刀剑下，也不能累死在长城上了。总监工蒙恬一见人们都不干活，着急了，忙去问秦始皇："这长城到底修到什么时候为止？"秦始皇说："长城完工日，金牛入洞时。"皇上说的话就是金口玉言，没法子，长城还得接着往前修，可是什么时候才能看到金牛入洞呢？

在那些民工里，有个叫小柱子的年轻人，家住本地，为人和气仗义。这天，他把几个年轻的民工叫到一块儿商量起来，只见其中的一个小伙子一拍大腿，说："行，就这么办了！"

第二天，天麻麻黑了，民工们正要收工，就听有人大喊："金牛入洞了！快来看哪！"民工们一听有人喊"金牛入洞了"，也顾不得一天的劳累，赶忙往喊声跟前跑，只见小柱子拽住一条金黄色的牛尾巴，被金牛拉进洞里去了。有几个监工跑到洞跟前，刚要钻进去看看，只听见洞里“哞——哞——”的叫声。这时，小柱子手里拿着一条金色的牛尾巴从洞里钻出来了。接着，又从洞里窜出一股大火来。小柱子边跑边喊：“不好啦，金牛喷火了！”那几个想进去的监工，见洞里真的着火了，也就不敢进去了，抢过小柱子手里的牛尾巴一看，这哪是金牛尾巴呀，这不是一根铜棍吗？这都是小柱子他们事先准备好的，那火把也是事先放好的。小柱子见那些监工有些怀疑，就说：“监工大人，你们就别看了，金牛的尾巴和普通牛的尾巴就是不一样。我扯断了牛尾巴，差点儿被它喷出的神火烧死，你们瞎寻思，那金牛怪罪下来可不得了哦！”那些监工也不敢再说什么了，只好拿着金牛尾巴去见秦始皇。

秦始皇接过金牛尾巴叹口气，说：“当初我说‘长城完工日，金牛入洞时’，那只是一句没边儿没沿儿的戏言，没想到还真有金牛入洞。看来我要再把长城修下去，有违天意呀！”

可是不修长城他又不甘心，就又下了一道圣旨：不修长城，改修车道。他要把那些黄木运回京城盖皇宫用。

一个多月过去了，秦始皇问车道修到哪儿了。大臣回答说：“从黄木障子开始，通过一座大山，下了南井沟，已修到没门沟了。”

秦始皇一听：“天哪，往前走没门，中间又有井，如此下去，那黄木啥时候才能运到皇城？算了，车道不修了，那黄木我也不要了。可是，我不要，谁也别想要，我要放火把它烧掉。”火烧黄松的圣旨很快就传到了黄木障子。

火点着了，烧了十多天。可惜呀，那些上等的黄木被一把大火烧了个精光。

其实，南井沟并没井，没门沟倒有门。只是当时人们那样叫罢了。

秦始皇火烧黄松后，那地方再也没长出这种树来，只是留下了“车道岭”和“黄木”这两个名字。

讲述者：贺锐廷　男　27岁　绥中县加碑岩乡贺家村　农民　高中
采录者：刘凤金　女　绥中县文化馆　干部
采录时间：1987年10月
采录地点：绥中县加碑岩乡贺家村

刘邦占坟

刘邦是个嘎儿瞎二流屁①，赖皮赖脸地不干正事。他爹是个风水先生。刘邦见老爹总是忙忙活活地给别人占

① 嘎儿瞎二流屁：无赖。

坟，就说："爹爹，你不好给咱家占个好坟地，省得咱们老刘家山叫驴[①]下蚂蚱——一辈儿不如一辈儿。"老爹说："可也是，有个好地方，咱家要占了，准能出皇帝，就怕你占不了。"刘邦说："只要是个好地方，我保准能占成。"老爹说："你姥家大门下面就是个好地方，我死了你就把我埋在那儿。不过你打圹子[②]时，刨到大石板就不要再挖了。那个石板千万千万别揭开。"刘邦把他爹的话记在心里，总盼他爹快点儿死，好占个好坟，说不定将来也能有个出头的日子。

没过多长时间，刘邦的老爹真的得病死了。刘邦这小子也不给亲戚家送信儿。到了晚上，他背起死爹来到姥家，把死爹扒得光巴溜杆儿的，然后用绳子套在死爹的脖子上，挂在姥家的大门梁上，又悄悄地回家了。

第二天天亮，刘邦他二姨起来抱柴火做饭，一推大门，觉得有什么东西在响。她打开门一看，光巴溜杆儿的一个吊死鬼儿挂在大门上，吓得她"妈呀"一声，赶紧跑进屋说："不好了，大门上不知谁吊死了！"刘邦的姥爷姥娘出来一看，吊死鬼儿竟是自己的姑爷。"咳！这个现世报，怎么连件裤衩也不穿呢。他有吃有穿的，上的哪份子吊呢？"连项[③]打发人去把外孙子找来，没准，这个无赖的外孙子会怎么讹人呢。

---

① 山叫驴：母蟋蟀的一种。
② 打圹子：挖坟坑。
③ 连项：立即。

来人到了刘邦家，见日头老高了，他还蒙头盖脸地睡大觉呢，就推他快起来，说姥爷姥娘请他快去。刘邦说："我是个姥娘不疼舅妈不爱的主儿，他们不稀罕我，我去讨那二皮脸干什么？"来人说："你姥家出事了，你姥爷让你快点儿去！"刘邦心里有数，慢慢腾腾地穿上衣服跟来人走了。

刘邦到姥娘家，看了一眼吊在大门梁上的老爹，跪在地上，抱住爹爹的两腿就嚎了起来，任凭别人怎么拽，就是不起来。等大伙儿把人卸了下来，他才止住声，扯住姥爷的衣服说："我说今天你们对我怎么这么客气，原来爹爹让你们逼死了。走！我要和你们见官，非替爹爹报仇不可！"姥娘抱着外孙子说："别，别，可别，咱们管①是亲戚，怎么能逼你爹死呢？他怎么在这儿吊死的，我们压根儿也不知道啊！好邦儿，不管怎么的，千万别去见官。你要钱，姥娘给钱；你要地，姥娘给地。"刘邦说："不告也行，你们得答应我一个条件。"姥娘问什么条件，刘邦说："人死不离地，哪死哪埋。"姥爷心想，你这不是熊人②吗？就商量他③说："邦儿，咱们换个好地方，把他好好地发送了不行吗？"刘邦说："我就这么的！不行咱就去见官！"姥爷见这个外孙子不通情理，又惹不起他，于是把心一横，就答应了他的条件。

---

① 管：无论如何。
② 熊人：欺负人。
③ 商量他：和他商量。

刘邦把姥爷、姥娘、姨娘和那些卖呆的、帮忙的全撵走了，自己拎起锹镐就在姥家大门口挖起坑来。挖着挖着，还真挖到一块大石板，他想：我爹不让掀石板，我还非掀开看看里头是什么玩意儿不可！他慢慢地掀开一个缝儿，往里一瞅，“嘿，这里头怎么这么多的龙！一、二、三……七、八、九……”刘邦趴在地上自言自语地正数着呢，没注意，“轰隆”一声，从石缝儿里飞出一条龙来，吓得他赶忙放下石板，把老爹放进坑里埋了。

姥家的人还等着这个嘎儿瞎外孙子讹他们呢，谁知道这回刘邦也没去要钱，也没去要地，只逼着姥爷从别的地方开了个大门就拉倒了。

后来，刘邦斩白蛇而起义，推翻了秦朝，打败了项羽，真的坐了天下。据说，他从石板底下放出的那条龙就是后来篡了刘家天下的王莽。

讲述者：李桂深　男　78岁　本溪县草河口镇茳草村　农民　不识字
采录者：王相尧　男　49岁　本溪县五中　教师
采录时间：1985年3月
采录地点：本溪县草河口镇茳草村

邱生造律

汉朝刘邦初得天下的时候，丞相萧何出了不少力。后来天下太平了，萧何这心就变坏了，嫉贤妒能，生怕别人超过了他。

邱生是一个穷书生，很有才华，夫妻二人和一个老母亲相依为命。这年邱生进京科考，赶上萧何是主考官，他一看邱生这文章可了不得了，比当朝的官吏都写得好，这邱生要是考中了，将来就没有我萧何了。于是萧何来了坏心眼儿，找岔儿把邱生从考场除了名，永远不许他再进考场，从此堵死了邱生殿试的路。

邱生回到家中，一气之下闭门造律，因为当时国家没有法律才使得恶人横行，为所欲为，故邱生立志造律，造了上下部两本书。他每天把自己关在小屋里，有时连晌饭也顾不上吃。每天送饭都是他媳妇来送，这天赶上媳妇有事，倒不开手，就让婆婆来送饭。老太太手脚慢，稀里糊涂地把时间给耽误了。急忙送去了，进屋一看，邱生还在写呢。邱生也没抬头看，以为是自己的媳妇来了，把笔一放："小贱人，什么时候了才送饭来！"

老太太忙说："唉，媳妇有点儿活儿，让我送饭，我也马虎了，把这事忘了，饭送晚了。"

邱生抬头一看是自己的妈，一拍桌子："坏了！我这律正造到虐待父母，对母不孝犯死罪，我该死啊！死倒行，只是今后你们婆媳的日子靠什么来过呢？母亲啊，我这本书是上下部，这头部，你在我入殓时给我当枕头，我枕着它。我给你们留下这后部，你们生活维持不下去的时候，你就拿出去卖了。要卖，别到旁的地方，就到丞相府门前去卖，他们准买，钱给多了你还不要，就要十两银子。"母亲听后痛哭了一场，怎么劝说，邱生也不变造法服法的决心。

邱生死后，母亲只好按邱生生前的嘱咐办了。家里生活本来就挺清苦，过了十天半月就维持不下去了，老太太拿着这本书到丞相府门前卖书去了。这天正赶上萧何下朝回府，打这儿路过。萧何一看，卖法律书的，便说："把书拿过来看看。"一看这书，说："哎呀，这书写得好哇！"就把书买下来了。回到府里急忙吃饭，收拾收拾又回金殿面见皇上请功去了。

萧何见到汉帝刘邦便说："咱们这么大个国家，要治理天下就得有法律，没有法律不能让百姓信服且归顺于朝廷，我把律书造出来了。"

"呈上来吧。"

萧何把书呈上去，皇帝一看说："你这是造了两部啊，这本是下部，那上部呢？""哎呀，皇上，我来时慌忙，上部忘带来了。"

"那你明天把上部呈上来，我要从头好好阅读。"

"是。"

萧何回去了。他哪来的上部啊，赶忙派人访那卖书的老太太，她是哪儿的人？上部书在什么地方？手下人一访，访着了，老太太在城外西关住。这就急忙派人把老太太找来了。萧何问："老太太，你卖这书是卖的下部，你那上部书呢？"

"启禀老爷，这律书是我儿子造的，上部书我儿子入殓时带走了，枕在头底下了。"

"带走了？不行，带走了也得拿出来，我给钱，五十两银子，你把书快点儿交来。”

“不行啊，大老爷，多少钱我也不能卖，我怎么能翻尸倒骨呢，怎能让我儿子死了不得安生呢。”

萧何等着交旨，这书哪能不要呢？非要不可！这就打发人去坟地找到邱生的坟，挖土揭墓，把棺材打开一看，邱生面目如生，像活人一样躺在那儿，面带笑容。打手们不管三七二十一，把死人枕着的书就给拿出来了，又把棺材盖上，草草地扔了两锹土就回去了。萧何急等交旨，也没看看书，就到金殿交书去了。

到金殿把书呈上去，刘邦打开一看，原来是“邱生造律”。头一部头一页法律写的就是挖坟掘墓杀头罪。刘邦就问：“萧何你说实话，这书是你造的吗？你说说头一页是哪一条律？”萧何答不上来。刘邦说：“这头一条律写的是，挖坟掘墓杀头罪，不斩萧何律不成。”“啊！”萧何一听傻眼了。

就这样，萧何被斩，法律生效了，邱生死后却报了科考压才之仇，要了萧何的命。

讲述者：于春贵　男　69 岁　鞍山市立山区居民　小学
采录者：缪歌今　女　34 岁　鞍山市铁东区文化馆　干部　大专
采录时间：1986 年
采录地点：鞍山市立山区

薛礼的传说

相传当年唐王征东，和敌人大战几场，夺下城池，攻下关隘，又往独木关（今析木乡）进军。敌军顽抗，打了几次险仗，唐王几次遇险都是让一员白袍小将给救的。

这员小将就是薛礼[1]，虽说他出身贫寒，可武艺超群。长得膀阔腰圆，身高丈二，力过九牛，一顿饭能吃一斗米。打起仗来两军对阵，他是阵阵杀敌英勇，敌军官兵见他都望风而逃。

薛礼虽然有那么大能耐，只是个火头军。每到一地安营扎寨，他就得给人家埋锅造饭。等到打仗的时候，他必须冲锋陷阵，但打完就回，从不和任何人搭个话儿。人们谁也不知道他叫啥姓啥，就知有一个穿白衣的小将，骑着一匹白龙马，手使方天化戟，是个常胜"将军"。开仗能见着他，收兵就找不到了。

有人说，唐王是个有道的明君，感动了上天，所以上天派白虎星下凡助唐王打江山，他来无影去无踪。其实薛礼隐姓埋名是有原因的。

原来唐王征东的先行官张士贵，为人奸诈，心像蛇蝎，他最怕有能人超过他。说也凑巧，薛礼来投军，偏巧又投到他的帐下。张士贵知道薛礼是个能人，薛礼越是想为国效力，越是战功累累，他就越恨薛礼。

张士贵挖空心思，想出一个损主意，用了一个调包计：让他的女婿何忠显，也像薛礼一样，戴白盔穿白甲，手使一方天化戟，凡是薛礼立的战功，他都记在何忠显的功劳簿上。

张士贵又对薛礼说："唐王是真龙天子，你是白虎星，

---

① 薛礼：即薛仁贵（614—683），唐大将，唐太宗时应募从军，屡立战功。曾参与进攻高丽的战争，在辽南一带有关薛礼征东的故事甚多。

你们俩的星相不对。军师徐茂公能掐会算，早就算出有一白虎星宿下界，专门来克真龙天子，说唐王面临不祥之兆，有灭顶之灾，如不及早灭掉白虎星，唐王就要绝命身亡。现在唐王已经下旨，文武百官各路撒下人马，捉拿白虎星。如有拿获者，可赏黄金千两，白银万两。”张士贵胡诌八咧，薛礼越听越怕，所以总是避着唐王，不敢自报姓名。

有一回唐王和徐茂公、尉迟恭等几员将领到山前观察敌情，被正在刷马的敌人首将盖苏文看见，盖苏文纵身上马直擒唐王，众将措手不及，又见盖苏文的十二把飞刀雁字排开，飞向唐王。就听唐王一声长叹：“我等性命休矣！”说完两眼一闭等死。就在这时，只耳边刷刷刷……十二声呼啸，再睁眼一看，我的妈呀！十二把红缨短把飞刀，不偏不倚每人脚下一把。大伙儿抬头再看盖苏文，已落荒逃走了，一员白袍将站在不远的地方。徐茂公急忙喊：“快抓住他！”就见尉迟恭箭步向前，说时迟那时快，眼瞅他双臂一合，把个穿白衣的小将抱在怀里。白袍将急中生智，两手分开，双膀用力一挣，挣出怀抱。就听哧的一声，袍襟断裂，白袍小将无影无踪了，只留下半幅袍襟在尉迟恭手中。唐王很扫兴，叫道：“怎么又逃走了？”原来救驾的又是那白袍小将薛礼。薛礼在营中总不敢久待，每天都找一僻静之处练武。当时他不知唐王到前沿察看军情，要知道的话，他早跑了，所以唐王遇难又被他赶上了。

唐王真想见见这员小将，可怎么也见不到。这次薛礼在眼前一现，徐茂公怕失去良机才高喊抓人。薛礼听信张士贵的话，处处留心，一听“抓人”二字，撒腿就跑。心想被抓住后小命就没有了。不过还算不错，留下一块袍襟。

徐茂公断定这个穿白衣的小将一定是唐营中的人，就对唐王说出了他的找人办法——对袍襟。张士贵心像明镜似的，也是他求官心切，忙说：“不可，如果对袍襟岂不得兴师动众，一来费时间，二又劳累龙体。不如我回营私访，找到就来见皇上。”唐王一听很高兴，就把找人的事交给张士贵去办了，说如能找到还要加封重赏于他。

张士贵接到圣旨，回到自己营房，叫人找来薛礼，又是一场恫吓。说什么今日唐王查哨险些叫人暗算，刺客就是一个白袍小将。说人跑了还有断袍襟为证，要是找到了一定千刀万剐。薛礼听后吓得三魂都出窍了，后悔不该救驾。但薛礼并不恨唐王，他恨徐茂公千不该万不该算的哪门子命。他真想见唐王说个明白，就是死了也无怨。现在唐王说他是刺客，他浑身是口也难分辩，忙跪倒在地求张士贵救他。张士贵假意为难，又大发慈悲地说：“这么着吧，我给你一套新盔甲，这套扯坏的衣甲给你收藏起来。你就到后山放马去吧，不叫你千万别回来。这一回唐王要全营对袍襟，免得看到你不好办啦。”薛礼真是感恩不尽。

张士贵把薛礼打发走了，就叫来何忠显穿上断袍盔甲，又教他几句话，一切叮咛好了就带着他来见唐王。来到主帐，张士贵说了，找了大半天，原来穿白衣的小将并非别人，竟是他的女婿何忠显，又说他女婿怎么怎么能耐，身穿白盔白甲，骑着大白马，使的是方天化戟。唐王一听，认定是何忠显了，忙叫快快带来一见。何忠显来到唐王面前倒身下拜，唐王哪受得了啊，恩人嘛！忙离绣墩想扶起何忠显。何忠显本来就瘦小枯干的，再穿上薛礼的大盔甲，更显得单薄了。再加上跪拜唐王时又把袍襟压在腿底下，唐王要扶他，他一慌神就被袍襟绊住了。身子又不灵巧，“啪嚓”一声，闹了一个狗抢屎，把个满朝文武百官笑得前仰后合。

徐茂公看出点儿破绽，可又不能说。何忠显其貌不扬，两撇八字眉毛下边一对老鼠眼儿，一点儿英雄气概也没有。徐茂公脑筋一转，就想出一个万全之策。他对唐王说：“主公对何小将军如此感恩，我也几番领教过小将军的超群武艺，今见越觉非凡。大伙儿是知道尉迟恭将军力过千斤，可何小将军能不费吹灰之力从他怀中挣出，真乃人上之人。今日不如再叫尉迟恭将军试上一试，咱们再饱饱眼福吧。”还没等唐王说话，尉迟恭就哈哈大笑说：“老军师美意，我正想与小将军再较量较量。”文武官员一听都拍手称快。唐王更高声说：“妙，妙，正合寡人之心。”

这下可把何忠显吓坏了，浑身跟筛糠一样，鞧成一个团团儿。张士贵更是吓得臭汗满身。他知道尉迟恭有搬山背河之力，不说用全身力量，就是用九牛一毛的力量，何忠显在他手里也就是一只小鸡，哪谈得上“较量”！事已至此，武大郎服毒——吃也死，不吃也死。张士贵真是木匠扛枷——自作自受了，他本想再巧言搪塞几句，可也无从说起了。何况徐茂公的眼里是揉不进沙子的，他已经把张士贵翁婿狼狈为奸的丑态看得一清二楚，才想出这么个主意。不等张士贵再开口，就忙叫尉迟恭动手。

尉迟恭上前一步，顺势把何忠显往怀中一拉，还没等用力呢，就听何忠显一声惨叫。大伙儿一看，何忠显鲜血顺着嘴丫子淌，屎尿顺着裤脚往外流，一股臭气冲满殿堂，人们捂鼻子堵嘴呜哇乱吐。这可把唐王气坏了，立刻叫人把张士贵捆绑并推出去示众，把何忠显的臭尸扔到荒郊喂野狗。人们捆人的捆人，抬尸的抬尸，一阵忙乱。接着徐茂公就对唐王说："皇上，看来张士贵一定知道真白袍小将的下落。"唐王厉声对张士贵说："张士贵，快把真白袍小将交出来！如有半点儿虚假，拿你的人头是问！"张士贵一看，不说也不行了，就把如何欺骗薛礼的话和把薛礼的战功记到何忠显的功劳簿上的事，一五一十地全盘端出来了，又派他的亲兵找来薛礼。

薛礼来到主营一看，傻了眼了，就见唐王高高地坐在上边，两旁文武官员护驾。再看张士贵跪在那里，头低得快贴着地皮了。他一看这架势，心想糟了，怕是事情败露了。三十六计走为上，便急忙转身要走。这回尉迟恭可早有准备，琢磨着薛礼非有这手儿不可，还没等他转过身就一下子抱住了他。尉迟恭用的是全身之力呀，唐王看在眼里真着急，怕把他的恩人给抱坏了。没想到薛礼是身不动膀不摇，面不改色心不跳，还一个劲儿地口喊冤枉。

军营中上上下下一片喝彩，把薛礼闹糊涂了。他再一看，唐王对他微微点头笑着说："小将军不要害怕，从前之事我们以后再解释，赶快上前见朕。"薛礼也想，是死是活，今儿个弄个明白，不能老这么猫洞来狗洞去的了，脑袋掉了也不过碗大个疤呗。可出乎意料的是唐王下阶相扶，徐军师口传圣旨，竟封他为马前先行官，赐名白袍将军。又吩咐全营大摆酒席给薛礼将军压惊庆贺。从那以后，薛礼便是明珠出土了。

再说张士贵死了女婿，丢了官，还留了个千载骂名。唐王封完薛礼后，对张士贵说："你死罪虽免，活罪难容。"即令尉迟恭打他二十鞭子，免去先锋官官职永不听用。这二十鞭子打得张士贵屁滚尿流，皮开肉裂，腿瘫胳膊折。他是爬回家去的，人们把他爬过的那条街叫爬头街，也就是海城镇内紧挨着火神庙街的那条大街。这条街现在还在。

讲述者：李淑云　女　75岁　海城县人　现住鞍山市旧堡区后峪街不识字

采录者：韩　波　女　鞍山市旧堡区文化馆干部

采录时间：1986年7月

采录地点：鞍山市旧堡区后峪街

唐明皇演捣蛋鬼

唐明皇好享乐，把天下的大事都扔了。有一天晌午，他在龙床上打瞌睡，双眼一合，就晃晃悠悠“飞”起来了，一直“飞”到月亮里。抬头一瞧，前边有一片楼房，里面连弹带唱挺好听的，他抬脚就进去了。里面有不少仙女，连唱带跳挺好看，他一看就迷住了，忍不住说声："跳得好！"这一声不打紧，倒把他自个儿给喊醒了，睁眼一瞧，原来是场梦。他觉着没看够，就把宫女都招来了，叫她们照着样儿唱，照着样儿跳。宫女在他面前唱啊跳啊，他怎么看也觉得不像，心里挺恼怒，说："这回你们单个儿唱，单个儿跳，谁要演得不像，我就要谁的命。"宫女们被吓得哆嗦乱颤，更演不好了，先后都被吊死了。唐明皇没尽兴，又派人到民间招来几十个能唱会跳的女孩子。这些女孩子一进宫，唐明皇就急不可待地叫她们单个儿唱单个儿跳，谁要演得不像就杀谁。这帮女孩子里边有个张姑娘，她写字画画弹琴什么都通。轮到她唱的时侯，她说："皇上啊，我昨晚上也做了一个梦，不知当讲不当讲。"

唐明皇一听，寻思她也上月亮里去了呢，急忙说："你做的什么梦，快讲讲。"

张姑娘说："我梦见玉帝派天女请我上天去演戏了，玉皇大帝叫我告诉皇上，我上天演戏这几天，不准地上唱不准地上跳，不然地上一搅，天上的戏就演不好了。玉皇大帝还说，过几天让我把好戏带回来，再给皇上演呢。"

唐明皇一听，连连说："好好，真有这样的事呀！你什么时候动身？"

张姑娘说："我这就要去了。"

唐明皇说："你怎么个去法儿呢？"

张姑娘说："这好办，只要叫人把我关进深屋子，给我点上七盏长明灯，我往床上一躺，魂灵就到天上去了。可要记住，这几天谁也不许到那个屋子里去。若有人进去，我就回不来了。”

唐明皇听她说得有根有梢，信以为真，就照着样把她关在一间房子里。唐明皇等啊等啊，光想看张姑娘的戏了，把仙女在月亮里唱歌跳舞的事都忘了。第三天晌午，房门开了，张姑娘歪歪斜斜地走了出来。唐明皇说：“张姑娘，玉帝找你唱的什么戏呀？”

张姑娘说：“皇上，我上天回来走累了，走饿了，先给我点儿饭吃吧。”

其实张姑娘哪是到天上去呀，她躲在深屋子里，一边琢磨唐明皇在梦中看见的唱法和跳法，一边想戏的演法，忍饥挨饿，想了两天半才琢磨出来。唐明皇一听张姑娘饿了，说：“来人，给张姑娘上茶上饭！”张姑娘坐在那儿吃喝完了，说：“咳，天上的戏演得真有意思呀！”

唐明皇说：“那你快点儿演吧，叫我看看。”

张姑娘说：“一个人不行，一台戏角色多，人也得多。”

唐明皇说：“这些新招来的宫女和这些阔佬大臣够不够？”

张姑娘说：“差不多。”

张姑娘说完，当场就铺排开了，你演这个角，他演那个角，步法怎么走，身段儿怎么拿，戏袍怎么撩，说得头头是道。铺排来铺排去，把人都铺排没了，就缺捣蛋鬼这个角儿没人当了，张姑娘说："皇上，你当这个角儿吧。"

唐明皇点点头说："行。"

唐明皇一上场，一台戏就演起来了，步法、身段儿、唱腔都有板有眼，戏台上热热闹闹，只见捣蛋鬼东蹦西蹿，得哪把椅子就坐哪把椅子，一场戏把唐明皇演得痛快透了。从此，一演这种戏的时候，捣蛋鬼哪把椅子上都可坐，那是皇上演的。时间一长，这就成了演戏的规矩了。

讲述者：李凤春　男　74岁　沈阳市新城子区虎石台镇　不识字
采录者：张相承　男　25岁　沈阳市新城子区中学　教师　大专
　　　　王　辉　男
采录时间：1983年10月
采录地点：沈阳市新城子区虎石台镇

赵 巴 子

这是关于宋太祖赵匡胤的故事。

从前，有一个赵员外，一生无儿，只有一个女儿。女儿娇生惯养，自己住在后花园的一幢楼上。后花园有个养鱼池，池里有一个大王八，长有碾盘那么大。小姐就觉着每天晚上有一个人进来跟她同床睡觉，别的就什么也不知道了。时间一长，姑娘就身怀有孕了。一鼓肚儿，姑娘的妈就发现了，心想：姑娘整天在楼上不下来，成天刺绣，这孩子怎么了呢？就问闺女："孩子，妈看出来了，你都显怀了，你做什么事了，跟妈说说。"

姑娘哭了："妈呀，这事我真难说出口，只觉得天天晚上有个人到我屋里来。这个人进屋就上床，我就啥也不知道了，这都几个月了，天天来。"

姑娘妈说："你今晚儿用针穿一根线，他再来，你就把针别在他身上。"

"好吧。"

这天晚上，这个人又来了，他一上床，小姐又啥都不知道了。等到完事了，小姐醒来一看，是一个小伙儿，文质彬彬的书生。临走时，小姐把针别在他身上，他带着线走了。

姑娘妈第二天顺着线一找，找到后花园的养鱼池里。回头老太太就和老员外说了："咱孩子是让后花园的老王八给迷了，都身怀有孕了，怎么办呢？"

老员外说："如果是这样，得把它除掉。"

老员外叫人拉了几车石灰扔到养鱼池里，石灰在里边一翻，把老王八给呛死了。打捞上来后，叫家人不要声张，把它埋到绣楼底下了。

小姐十月分娩，养了一个小子，起名叫赵巴子。这个孩子打记事就爱在水里玩儿，十岁就上江里玩儿。本村有个姓杨的孩子总和他一起玩儿，念书也在一起，放学后，姓杨的就让赵巴子下江玩儿，他在岸上看着。赵巴子一下去就有一个独角水牛上来，他就骑上它，把着[1]那个独角玩儿，玩儿够了再上来，天天如此。这个姓杨的孩子回家跟他妈说了这件事。老太太听了说：“傻孩子，那不是老水牛，那是独角龙哇。明天把你爹的骨殖起出来装口袋里，让赵巴子拿着，再骑的时候在独角龙眼前晃晃，它一张嘴就把你爹的骨殖扔进去，将来你能当大官儿。”

这娘俩起出骨殖装好了一个口袋，姓杨的孩子头天晚上找到赵巴子说：“明天你再骑大水牛的时候我求你点事，我给你个口袋，你喂喂它，把这个口袋扔它嘴里去。”

赵巴子答应了，回家就和妈说。赵小姐一听，说：“孩子，他求你扔的口袋是他爹的骨殖，你骑的也不是大水牛，那是独角龙，把家人的骨殖葬到龙腹里，将来能得天下，就能当人王地主哇，你咋能干那个事呢？”

赵巴子说：“那咋办？我又没有爹，要不，葬我爹的骨殖多好。”

赵小姐说：“你有爹。”

“我爹在哪呢？”

“你爹他不是人……”

“管他是不是人的，有骨殖就行呗。”赵巴子说。

赵小姐说：“好吧，你爹的骨殖就在这个楼下，咱们起去。”

娘俩下楼起出王八骨殖也装口袋里了。赵小姐说：

① 把着：握着，拿着。

“明天这两个口袋你都带着，冲龙晃时你用杨家口袋，冲你爹的口袋龙不会张嘴，因为你爹的骨殖腥。”

“好吧。”赵巴子答应着一一记在心里。

第二天，又到江边去玩儿，赵巴子就对姓杨的孩子说：“来吧，把你爹的骨殖给我，我这就下去玩。”

姓杨的孩子把骨殖袋递给赵巴子，赵巴子就下去了。到江里骑一会儿独角龙，他就把老杨家的骨殖袋掏出来一晃，龙嘴张开了，刚想扔他自己爹的骨殖，龙嘴又闭上了。扔了三回都没行。正这时，从上游漂下来一个柴火棍儿，赵巴子就说：“柴火棍儿，你要能成全我，把我爹的骨殖葬上，我得天下，我让你做头一帝。”说完，柴火棍就漂来了，赵巴子又用老杨家的口袋一晃，龙嘴一张，他就用柴火棍儿支上，把他爹的骨殖扔里面了。扔里面后，这个龙觉得不是味儿，在江里翻腾。赵巴子想：老杨家这个口袋带回去也不好，就给挂到龙角上得了。这条龙翻腾一阵子就下去了，从此再也见不到这个独角龙上来了。据说，赵巴子的后代就是赵匡胤。

讲述者：于春贵　男　70岁　鞍山市立山区居民　小学

采录者：缪歌今　女　35岁　鞍山市铁东区文化馆　干部　大专

采录时间：1987年2月

采录地点：鞍山市

铁木真和雪莲花

很早以前，蒙古分散成许多部落。各部落之间就像装在皮口袋里的牛犄角，相互顶撞，相互残杀。

有一个部落长名叫也速该，他的妻子诃额仑做梦，梦见太阳扑进了怀里，于是就怀孕了。有一次，他们正和蔑儿乞惕人打仗，孩子要出生了，丈夫帮她杀开一条血路，说要是男孩儿就叫铁木真，是女孩儿就随便起个名儿好了。诃额仑忍着痛，在附近的树林里生下一个男孩儿。这孩子脑门闪闪发光，眼睛明亮有神，鼻梁高高的，耳大垂肩。诃额仑说："这是帝王相啊，有福气的孩子，佛爷保佑你躲过蔑儿乞惕兵，额吉早点儿来接你。"也速该阵亡了，蔑儿乞惕人朝树林杀了过来。诃额仑把小铁木真藏在树丛里，回头看了几眼，跨马逃走了。

小铁木真好像懂事儿似的，静静地躺在树丛里，不哭也不动。蔑儿乞惕人走远了。他觉得饿了，就哭起来了。绿草长出来，为他铺了厚厚的褥子，两棵大树的树梢接起来了，替他遮挡阳光。林子里的猛虎跑来，用奶水哺育铁木真。铁木真经受日月光辉，吸收大地精华，几天之内，长大了。等诃额仑母亲来接他时，他身体健壮得如猛虎，力气大得赛过犍牛。

铁木真有四个哥哥，他们弟兄五人，经常打架。一天，诃额仑把他们弟兄五人叫到跟前，每人给他们一支箭，让他们折，他们毫不费力地折断了。诃额仑又拿出五支箭，捆成一捆儿，让他们折。他们使出吃奶的劲儿，谁也折不断。这时候诃额仑语重心长地说："孩子们，自从你阿布①阵亡后，部落里谁也瞧不起咱们孤儿寡母。咱们除了影子，没有朋友；除了尾巴，没有鞭子。可你们弟兄整天争吵打架，全然忘了替父报仇的事，你们对得起谁

① 阿布：蒙古语，父亲。

呢?”弟兄五人听了，从此团结得像一个人。

一天，铁木真正在打猎，忽听树林里传来呼喊声。他飞马跑去，只见一只斑斓猛虎用前爪摁着一个老喇嘛，正要张开血盆大口饱餐。铁木真大吼一声，向猛虎射了一箭。这一箭又准又狠，正中猛虎咽喉。猛虎应声倒地，蹬了几下后腿，死了。铁木真扶起老喇嘛，问他是哪个庙的？到这儿干什么？老喇嘛说：“我是阿布贵山下东藏佛寺喇嘛，因老母病危，回家探望，路过这里，不想遇上猛虎，幸亏壮士相救，救命之恩永生不忘。”说完，从钱褡子里哗啦倒出一堆金元宝说：“这些元宝请壮士笑纳。”

铁木真连看也不看金元宝，对喇嘛说：“喇嘛，这就是你的不对了。见死相救，是人都会这么做。”说完后骑马就要走，老喇嘛一把拽住铁木真说：“既然壮士如此侠义，老朽不敢勉强，你我萍水相逢，也算前缘，我送一件东西给你，不算报答，留个念想。”

老喇嘛从怀里掏出一朵粉红艳丽的花说：“这是我路过昆仑山时采的一朵雪莲花，你把它栽在帐篷前面，日后对你也许有点儿用处。”铁木真生来只爱大刀长矛、强弓烈马，从不喜欢什么花儿啦草儿啦的。他看到老喇嘛诚心实意的样子，只好收下了。他刚要道谢，哪里还有老喇嘛的影子？他以为自己是在做梦，可手里的雪莲却发出阵阵香气。

铁木真在自己帐篷前挖了一个小坑，栽上雪莲，又浇上一铜壶奶茶。说也奇怪，那朵莲花眼瞅着生了根儿，长了叶儿，茫茫雪地里开出一朵粉嘟嘟的花，铁木真惊呆了。他给雪莲花搭了个小棚，怕雪莲让风吹着、雨淋着、冰雹砸着。晚上还在小棚里挂盏灯，为的是不让野兽祸害雪莲。他经常给雪莲浇水、松土。每天打猎回来，煮了抓羊肉，他总是把最肥嫩的肉盛一碗摆在雪莲面前，说："你饿了吧？吃点儿抓羊肉吧。"每天出门前，总是对雪莲说："你看家吧，我走了。"

一天傍晚，铁木真回到帐篷里，一眼看见一个绝顶美丽的呼恨[1]，只见她粉嘟嘟的两腮，一边一个深深的酒窝儿；长长的大辫子又黑又亮，一口整齐的牙瓷亮瓷亮的，两只大眼睛水灵灵的。只见她利手利脚地在帐篷里操持家务，擦洗铜壶铜碗，切肉切菜，动作是那么利索。铁木真上前一把握住呼恨的手说："好心肠的呼恨，你是谁，你从哪里来？"呼恨吓了一跳，羞羞答答想挣脱，双手却被铁木真紧紧攥住了，怎么也挣不脱。呼恨满脸通红地说："看你，多性急？人家就是来和你过日子的。""真的？"呼恨说："我阿布半年前就把我许配给你了，当时你还不乐意呢。"铁木真忙问这是怎么回事。呼恨说："我家住在须弥山，阿布是阿布贵山东藏佛寺喇嘛。我的名字叫雪莲。"什么，雪莲？铁木真急忙走到院里一看，他栽的雪莲没了。铁木真说："那个被我救出的喇嘛原来就是你阿布？"雪莲点了点头。当晚，铁木真和雪莲就拜火成亲，结为夫妻了。

没有不透风的毡房。没过几天，全部落的人都知道铁木真娶了一个天仙似的媳妇。一传俩，俩传仨，很快传到

---

① 呼恨：蒙古语，姑娘。

蔑儿乞惕部落长的耳朵里。他的牛羊多得像天上的星星，他的羊毛多得能堆起一座敖包。他是个好色的邪鬼，整天琢磨大姑娘小媳妇。听说铁木真娶了个天仙似的媳妇，他顿时邪火上升。他急忙装扮成商人，来到铁木真所在的部落，打听到铁木真的家。

一天，他趁铁木真出去打猎的空儿，溜进铁木真的帐篷。他一见雪莲，两眼立即直了，张开大嘴，口水顺嘴角往下滴答。雪莲见他不怀好意，就问他："你是谁？铁木真不在家，你快走吧！"部落长一听雪莲问他，嬉皮笑脸地说："嘻嘻，你问我是谁？天下谁最有钱谁就是我。我不找铁木真，我找你。""找我干什么？""让你做我的老婆呀。"

"滚出去！"雪莲见这人说话不在行，没安好心，摘下马鞭赶他出去。部落长见雪莲挺厉害，怕动硬的吃亏，就出去了。他边走边想，好一块肥嫩的羊羔肉，落在铁木真口里。这小子艳福不浅啊！我那七八个老婆跟她比，个个都像鬼。能把她弄到手，我这一辈子也算没白活。怎样才能把她弄到手呢？动硬的，领人来抢？他实在打怵铁木真的武功，怕铁木真一箭射死他。对，就这么办！他那死羊眼一骨碌，一条诡计想出来了。

第二天，蔑儿乞惕部落长派人送来请柬，请铁木真去赴宴。雪莲劝铁木真不要去，铁木真说："我一定要去，看他们要什么把戏！"

铁木真单枪匹马赴宴去了。蔑儿乞惕部落长见铁木真来了，高兴坏了，大摆宴席，他用转心壶给铁木真斟了毒酒。铁木真见别人把酒全喝了，他也喝了。工夫不大，药性发作，肚子疼得要命，直冒冷汗。不一会儿，嘴唇发乌脸发青，向后一仰，倒在地上死了。

天黑了，雪莲在家左等右等总不见铁木真回来，眼皮老跳个没完，心里一阵阵发慌，她料定铁木真出事了。她正要出门去找，忽听外面嗒嗒嗒一阵马蹄声，又一阵咕咚咕咚脚步声，门咣当一声踹开了，部落长带几个人闯进了帐篷。雪莲问："你们想干什么？"部落长说："请你到我家去享福。"雪莲说："铁木真回来饶不了你们！"部落长冷笑着说："铁木真？早见额日勒汗①去啦！""什么？你们害了他？""要不，咋得到美人啊？"雪莲一听铁木真被他们害死了，伤心地痛哭起来。

她决心救活铁木真，哪怕违犯佛法，也在所不辞。她打定主意，擦干泪水说："让我跟你去可以，不过有个条件，必须先让我看一看铁木真的尸体。"部落长心想：看看他也行，好让她死了这条心。他领着雪莲来到扔铁木真尸体的地方。雪莲一见铁木真的尸体，扑上去痛哭起来。趁部落长不在意，她偷着把一粒神丹塞进铁木真嘴里，然后亲吻了一下铁木真冰冷的嘴唇，站起身，化作一道闪光，一下子不见了。部落长和家丁惊得目瞪口呆。好梦没做成，只好回去了。

铁木真嘴里的仙丹渐渐融化了，他活了过来。他想起了酒席宴上发生的一切，恨得咬牙切齿，本想马上去找部

---

① 额日勒汗：蒙古语，阎王爷。

落长报仇，可又想到雪莲在家一定惦记着自己，先回去看看雪莲，然后再报仇不晚。他回帐篷一看，雪莲不在，里面乱七八糟，像遭了劫一样，铜壶踩扁了，锅摔碎了，针线笸箩里还放着雪莲给他缝的袄。铁木真大喊："雪莲——！雪莲——"只听遥远的山谷传来了回音。他走出门到处打听，全部落都问遍了，谁也不知道。他恨透了蔑儿乞惕部落长，连夜跨上弓箭大刀，骑马来到部落长家门前。他悄悄摸进院里，踢开窗子，跳进部落长的房间，找到部落长，手起刀落，部落长的脑袋骨碌碌滚到地下。铁木真如同砍西瓜，把部落长一家大大小小杀个溜光干净，然后放了一把火，这才出了一口气。他觉得雪莲没了，再活下去也没什么意思，他觉得自己的心在慢慢裂开，他真想一刀把自己劈了。突然，他想到阿布的仇还没报，雪莲还没找到，不能死，要找雪莲，哪怕走遍天下任何一个角落，也要找到她。他一下记起雪莲曾说过家住须弥山，可这须弥山到底在哪里？他问遍所有的人都说不知道。铁木真没灰心，他把打来的猎物都晒成肉干，又带上许多炒面、奶酪，出发上路了。

他一连走了七七四十九天，爬过七七四十九座山，越过七七四十九条河。心爱的枣红马累死了，他就步行；靴底磨破了，脚底儿磨烂了，他也不停步。饿了嚼一口肉干，吃一把炒面；渴了，喝口河水。肉干和炒面没有了，他只好摘野果充饥。

这一天，天黑了，伸手不见五指，他来到一个前不着村后不着店的大山谷，山谷里传来了几声狼嚎。他想，这回完了，自己没有一点力气，今天非让狼吃了不可。爱妻啊，今生今世难以相见了。他正在绝望地想着，忽然发现前面有灯光。他又惊又喜，东倒西歪地走过去一看，是座庙。庙门关着，他敲了几下，门“吱”的一声开了，一个老喇嘛双手合十说：“哎呀！半夜三更的，你上这儿来找谁呀？”

铁木真说：“我去须弥山找我的雪莲，路途遥远，我好几天粒米未进了，又饥又渴，看见灯光就奔这儿来了。”喇嘛说：“须弥山是个荒无人烟的地方，路途遥远不要去了吧。”铁木真说：“雪莲待我恩重如山，只要我不死，一定要找到她。”老喇嘛见他心诚，对他说：“须弥山离这里已不远，再翻过一座山就到了，雪莲住在半山腰的宫殿里。”铁木真一听乐了，跪在地上就给老喇嘛磕头，感谢他的指点，起身就要走。老喇嘛说：“今天太晚了，你就在这儿住一宿，吃点儿饭，养足了力气，明天再去不迟。”说完把铁木真领进庙院，将他安置在佛殿东侧厢房里，摆出饭菜招待铁木真。铁木真长这么大，头一回吃这么好的饭菜，他端起酒杯连喝了三杯，立刻觉得身上有劲儿了。他放下酒杯，走到院里，看到一只铜鼎，看样儿有八千斤重，铁木真一手举过头顶。庙门口一对石头狮子，铁木真一拳把石头狮子打个粉碎。老喇嘛瞅着铁木真说：“这回你可以打天下了。”铁木真这才认出，他就是自己从虎口救出的老喇嘛。他大喊一声：“喇嘛，你还认得我吗？”喇嘛朝他点点头，一阵清风，又不见了。

他按喇嘛指点的方向，翻过一座山，看到前面果然有一座大山。他感到浑身有使不完的力气，不一会儿就登上半山腰，前边有一座宫殿。他向守门童子打听雪莲，童子告诉他，这就是莲花仙子的宫殿。童子领铁木真沿着雕梁画栋的长廊，拐了许多弯儿才到雪莲的寝宫。雪莲正在等着他呢，夫妻抱头痛哭了一场，雪莲准备了丰盛的饭菜款待铁木真。雪莲告诉铁木真，从此两人再也不分开了，夫妻恩恩爱爱在这里度过万岁千秋，铁木真听了很高兴。可是铁木真住了几个月后，又怀念起大草原来了。他是个志在四方的血性男子，对这种终日耳鬓厮磨的男女柔情有些不习惯，这几个月过得好像几年似的，头上差点儿憋出犄角来。有一天，他对雪莲说："我很想念斡难河畔的父老乡亲，想回去看看，去召集阿布旧部，消灭蔑儿乞惕部落，统一蒙古，为阿布报仇。"雪莲一听笑着说："不要自寻烦恼，去干那操心费力的事儿！现在你已成了神仙，与天地同存，与日月同寿。你待着实在没意思，明天去登须弥山看看风景，但你切记，遇到什么事儿千万别说话。"

第二天，铁木真去登须弥山。越往上走，景色越奇，真是一步一层天。他看到山上四周绕着五色彩云，上接九天琼宫，下临万丈深涧，遍地奇花异草，满山绿柳红花。铁木真看得眼花缭乱，一口气登上山顶，顿时被一道强光刺得睁不开眼睛。原来山顶最大的宫殿是用黄金建造的。突然间铜号呜呜吹，羯鼓咚咚响，笙管笛箫，震得他两耳欲聋，所有的庙门同时打开，一群身穿紫袍的小喇嘛不声不响按次序排列成两队，双手合十，恭恭敬敬地好像在等什么人。不大一会儿，从山顶黄金殿里慢慢地走出一个老喇嘛，身穿酱紫色袄，左肩披着红黄相间的班斯勒①。他迈着八字步儿，闭着一双长着寿眉的双眼，左手捻着一串玛尼珠儿，嘴里念着经文，一步一步来到五百喇嘛中间，他看到哪儿，喇嘛们赶快转过头避开他的目光。老喇嘛问："你们想好了没有？到底谁去？"喇嘛们谁也不敢吱声，气氛一时僵住了。老喇嘛一看来了气，伸手从身后的管家手里接过蟒鞭，照准这群喇嘛的光脑瓜儿狠命抽打起来。打得那群喇嘛哭爹喊娘，眼泪鼻涕一齐往下淌。老喇嘛别看走路好像鸭子一样笨，可打起人来手脚却像猴子一样灵活。打够了，老喇嘛指着一个满脸是血的喇嘛问："你去不去？"小喇嘛含泪摇了摇头。老喇嘛又问其他喇嘛，其他喇嘛也说不去。老喇嘛气急败坏，咬着牙抡起蟒鞭又开始挨个儿抽打起来。铁木真早就憋着一口气，他觉得老喇嘛心太狠，都是爹生妈养的，凭什么该让他这般毒打？他挺恨老喇嘛，心里十分可怜这些小喇嘛，看小喇嘛一个个被打得皮开肉绽，老喇嘛还是不饶，就大声喊："别打了，他们不去我去！"老喇嘛一听这话，停下蟒鞭，向铁木真看了一眼，点点头，慢慢走回山顶金殿去了。

铁木真心里感到一种满足，他觉得今天做了件好事。他回到雪莲宫，看见雪莲正低头垂泪，就问雪莲："你这是咋了？谁欺负你了？"雪莲说："你不听我的话，不让你说话

① 班斯勒：蒙古语，披肩。

你偏说话。”铁木真说：“我也没说话呀。”“你不是自告奋勇说你去吗?”“那个狠心的老喇嘛没头没脑一个劲儿打小喇嘛，我实在看不下去了才说的。”“你知道老喇嘛是谁吗?”“不知道。”“他就是佛祖，你知道让你去干啥吗?”“不知道。”“傻瓜，不知道干啥就说去，哪有你这样的人?”“到底让我去干啥?”“让你到下方去当大汗，就是皇帝。”铁木真一听禁不住乐了说：“我要是当了皇帝，你不就当了正宫娘娘吗?”雪莲听了哭笑不得地说：“唉！放着无忧无虑的神仙日子不过，偏要下界去当那操心的大汗……”

第二天，雪莲伴随着铁木真回到斡难河畔。雪莲帮助铁木真召回了各处的部将，找回未卜先知、神机妙算的谋士木华黎字斡尔出和者勒蔑，这两人是铁木真的左膀右臂。他们在斡难河畔歃血为盟，表示誓死帮助铁木真统一蒙古各部落。正在这时，一支五彩斑斓的鸟儿落在会场中间的大树上叫“成吉思！成吉思！成吉思!”一连叫了三声。铁木真前面的大方石裂开了，里面端端正正放着一方金镶玉玺，上面刻着“成吉思汗”四个金光闪闪的大字。众人一见，知道这是天意，便欢呼跳跃起来，一致拥护铁木真为成吉思汗，尊称铁木真为圣主。圣主成吉思汗率领他的铁骑，闪电般统一了蒙古各部落，建立疆域辽阔的大元帝国。

讲述者：武德胜　男　蒙古族　62岁　喀左县东哨乡十家子村　农民“好力宝”歌手

采录翻译者：乌忠恕　男　蒙古族　朝阳市政府干部　大学

采录时间：1983年

采录地点：喀左县东哨乡十家子村

李成梁[①]踢“熊头”

在北镇县城北有三道边墙，是明代修的。边墙北边有

① 李成梁（1526—1615）：明末将领，铁岭卫（今辽宁铁岭）人，字汝契。隆庆年间以都督佥事为辽东总兵。他大修战备，屡破鞑靼插汉儿部。在镇多年，封宁远伯，加至太傅。北镇县有关李成梁的传说很多。

个约摸三四十丈见方的大平滩，是当年明军的练兵场。大平滩北有一道大沟，沟南有一个明军放哨的瞭望台，叫白台子；沟北有一个鞑靼兵放哨的瞭望台，叫黑台子。两个台子相离不远，双方的哨兵都能互相瞅见。

那时北镇县名叫广宁，驻守在广宁城的明朝总兵李成梁，经常到这个练兵场观看兵丁练武和踢“熊头”，鞑靼兵也常在远处偷看。这踢“熊头”就好像如今踢足球，不过今天的足球是用胶皮胆囊和牛皮面做的；那时候的“熊头”呢，里边是“猪尿泡”，外面是包着八块瓦的牛皮罩，吹起来鼓鼓的，一踢就挺高的，兵丁们最爱玩这玩意儿。

有一天，李成梁又带着随从到练兵场巡看，看见兵丁们正在挥刀舞剑，练劈练杀。李成梁下令停止练习，要看看兵丁们踢“熊头”。教头一下令，兵丁们巴不得地就踢起“熊头”来了。场上分成两伙儿，你争我抢，谁也不让。兵丁们踢得正起劲儿呢，赶巧“熊头”落在李总兵跟前。他急忙站起，飞起一脚，一来说李成梁是真有脚劲儿，二来说那“熊头”也轻点儿，就这样“噔”一下子，把个“熊头”踢到半天云里去了。兵丁们扬脖看着半天空中的“熊头”齐声叫好：“踢得高！踢得太高了！还是总兵大人的脚有劲儿啊！”

这工夫，练兵场北面的两个鞑靼哨兵，在台子上正偷看李总兵和兵丁们踢“熊头”，他们远远听见兵丁们夸李总兵踢得高，暗自叫好。他俩一边瞅，还一边伸胳膊踢腿地直比画，很想过来踢一踢，过过“熊头”瘾。可是在两军阵前不兴那个，只得眼巴巴地看着明军的练兵场干着急。

李成梁一回头，发现那两个鞑靼哨兵在偷看这边踢“熊头”，他灵机一动，心生一计，转过身来，假装没事的样子。过了一会儿，他和教头小声嘁嘁了几句话，又告诉教头，停止踢“熊头”，收兵回营。教头一声令下，官兵们整理戎装，扛枪的、背刀的、骑马的、步行的，纷纷回兵营去了。

那两个鞑靼哨兵，看见李成梁领兵回营了，往练兵场上一放目，发现场上有个“熊头”。一个哨兵说：“哎！你看他们忙得把‘熊头’落下了。”另一个哨兵说：“这回该着咱俩踢踢‘熊头’过过瘾了，你在这儿放哨，我去取。”说完话，他就蹑手蹑脚地跑到练兵场来抱“熊头”。他一抱，没抱动！“嗯？手没劲儿？”他往手上吐口唾沫，又使足劲儿弯下腰去抱，还是没抱动。他仔细一瞅，我的妈呀！原来是个大铁“熊头”！哨兵一想：这李总兵可真了不得，这么大个生铁球子，一脚就能卷到半天空里去，这真得有神人力气呀。他觉得这是件奇事儿，得赶紧回去向当官的禀报。可他又抱不动，就把这个大生铁球子叽里咕噜滚了回去。

鞑靼的官兵们听哨兵回去一说，再看这么大个儿生铁球子，别说踢呀，就连搬都搬不动啊，都惊得张飞逮豆鼠子——大眼儿瞪小眼儿，嘴不说可心里想，这李成梁真是神人，力大无比。这事儿一传扬，一传俩，俩传仨，很快就在鞑靼军中传开了，越传越神。这以后，鞑靼兵在两军交战的时候，一听说李成梁带兵来了，都吓破了胆。从此，李成梁的威名声震辽东。

可这“熊头”怎么会变成大铁球子了呢？原来这是李成梁定下的计策，他当时踢的是“猪尿泡”做的“熊头”，丢下的却是个生铁球子，用来迷惑鞑靼兵。他这一计，还真成功了。

现在，富屯满族乡边上屯的东西两边山坡上，还有当年边墙的墙基呢。沟南的明军练兵场，至今还是光秃秃的大平滩，明晃晃地留着当年练兵场的痕迹。那两个瞭望台至今还有呢！

讲述者：陆万国　男　60岁　北镇县文化馆　干部　大学
采录者：刘克刚　北镇县文联　干部
采录时间：1983年4月
采录地点：北镇县广宁镇

三调李成梁

广宁城在医巫闾山脚下，东西北三面环山，是幽州重镇，自古以来就是兵家必争之地。明代镇守辽东总兵李成梁的总兵府设在广宁城里，就是现在北老爷庙内。

李成梁先后两回任辽东总兵官，在广宁城驻守了五十年，最后死在广宁，也埋在了广宁。提起李成梁，这里的老百姓能说出三调李成梁和五门出殡的故事。

传说明朝万历年间，有一天夜晚，万历皇帝在勤政殿看完奏折回宫，夜已经很深了。紫禁城里鸦雀无声，四下黑洞洞的，忽然刮来一阵凉飕飕的风，把灯吹得直晃悠。万历皇帝就听身后传来“趿拉趿拉”的脚步声。他停住脚，回头瞅瞅，什么也没有。他又往前走，后面又响起了脚步声，他立刻觉得头发根子发竖，一连打了好几个冷战，忙催促太监：“快走！”二人慌慌张张地加快了脚步，转眼回到乾清宫。

第二天早朝，万历皇帝就和大臣们说了昨晚发生的事儿。大臣听后，说：“启禀万岁，这不能是什么刺客，八成儿是神仙在暗中保驾，今晚我主如果再听见这样的脚步声，就问他一声‘后边何人保驾？’”万历皇帝点了点头。

这天夜晚，万历皇帝照常到勤政殿翻阅奏折，又是更深夜静，还是老太监在前头举灯带路回乾清宫。走着走着，后边又传来了“趿拉趿拉”的脚步声。万历左右瞅瞅，回头看看，还是啥也没有。他爹着胆子喝问了一声：“后面何人保驾？”“二弟云长！”万历听后愣怔了一下，随口又冒出一句：“三弟何在？”“镇守辽东。”万历听了心里十分惊讶，又有些纳闷儿：真是关云长回话吗？是不是我听错了？他还想接着问话，就觉得身后刮来一阵风，浑身有些发冷，赶紧回宫去了。

这一宿，万历皇帝倒在龙床上做起了梦，梦见红脸大汉关云长来了，黑脸扎须的张翼德也来了，一转眼张翼德又变成了辽东总兵李成梁。就这样，关云长、张翼德、李成梁……一梦接一梦，一直扯到大天亮。醒来后，万历皇帝心里反过来掉过去地琢磨：这李成梁八成是三国时代的张飞转世，我应该把他调进京来保驾。主意已定，第二天上朝就下诏调李成梁进京。

朝中有几个宦官，早就嫉恨李成梁爷们儿掌握兵权，官大势大，在万历皇帝面前常说李成梁的坏话。为这，过去万历曾把他罢职十年，后来边防吃紧，才又起用了他。这回，几个宦官听到张翼德转世镇守辽东的奇事，又见到万历皇帝调李成梁进京，害怕以后对他们不利，就暗中使坏招了。

几天以后，李成梁在广宁城总兵府议事厅正和众副将商议军务，忽听门军禀报："钦差大人到，请总兵大人接旨！"李成梁急忙整理衣帽，迎出门外，原来是调他进京。

过去，文官怕宣，武将怕调。李成梁接到圣旨后，一宿也没睡好觉，反复琢磨：眼下正是军情紧急，为何调我进京呢？莫非是因为朝廷的钦天监夜观星象，看到紫微星下凡，落到辽东，要出真龙天子，命我捉拿？前两天，好不容易发现了府里的小罕儿，还给逃跑了，一定是朝廷有人说是我特意放跑的，要拿我问罪！此去是凶多吉少，他想来想去，心神不安。

第二天，李成梁安置一下军务，刚要动身进京，忽听门军来报："钦差大人到，请总兵大人接旨！"李成梁一怔，慌忙出外接旨。发来的这第二道金牌，还是调他火速进京。李成梁心里想：看来朝廷一定是有紧要的事儿，要不然，皇上怎能连发两道金牌呢？咳！不管出了什么事儿，走吧！正想要起程，五儿子李如梅闯了进来，说："父帅！且慢动身，皇上连发两道金牌，定有缘故。全家好好商议商议，再走也不迟。"李成梁觉得有道理，点了点头。

全家人坐在后堂喳咕开了，有的说，自古以来皇上调人没啥好事，还是不去为好；有的说，不去，违抗圣旨，罪更不轻。就这么左也不是，右也不是，一时谁也想不出好招儿来。李成梁又是一宿没睡好觉，一连做了好几个噩梦。

第三天早晨，李成梁没吃早饭，刚到总兵府，钦差大人就来催他起程。正在这时，门军又报："钦差大人到，请总兵大人接旨！"

李成梁听后更是吃惊，他想：下第二道金牌的钦差还没走，怎么又发来了第三道金牌？接旨后，这第三道金牌还是调他火速进京。他暗暗自语："嗯，一定有人在皇上面前说我坏话，看来不去是不行了。如果去的话，一定要像杨继盛那样，挨三百廷杖，活活被打死，说不定还要祸灭九族。去吧，是自个儿送死；不去吧，也难活命。去不去呢？"他正在拿不定主意的时候，五儿子李如梅又进来了，见父亲拿不定主意，就劝说道："父帅，此去凶多吉少，还是不去为好。"李成梁连连摇头："我是朝廷大臣，如违抗圣旨，皇上恼怒下来，也要牵连你们，还是去吧！如梅，我这次进京，不一定能回来，家中的事由你料理，要好好孝敬你母亲。”说着，眼泪掉了下来。李如梅眼睛也湿了：“父帅，不要想得太多，好好歇息吧！”

这天晚上，李成梁久久不能入睡，在卧室里走来走去，一个劲儿地琢磨：去，还是不去？忽听鼓打三更，他坐在太师椅上摇头叹气：咳！我镇守辽东几十年，为国立下了汗马功劳，却遭到他人暗算，算了吧！去了死，不去也死，在外死还不如在家死，闹个囫囵身子。李成梁想到这里，忙站起身来，打开窗户，两眼望着窗外的满天星星，暗暗叨念：“广宁是幽州重镇，自古是兵家必争之地。我死后，敌兵会不会乘机入侵呢？大明的江山会不会保得住呢？”想着想着，他的手“啪”的一下拍在桌子上：“咳！人终有一死，想那么多干啥！”

这时，李成梁的夫人被拍桌子的声音惊醒，正听到“人终有一死”这句话，一翻身坐了起来，只见李成梁从战袍上猛地拽下个金扣子，她刚想下床去抢，李成梁已将金扣子扔进嘴里，吞了下去。

李成梁吞金死后，一家人都痛哭不止。儿子李如梅把父亲吞金而死的事儿禀报给钦差大臣，和他商议怎样处理。钦差说：“我回京空口无凭，圣上一定要拿我问罪。总兵大人既然已死，不如把首级送京城交旨，你看怎么样？”李如梅虽然不忍心割下父亲的脑袋，但又怕有欺君之罪，只好照办了。

再说，京里的万历皇帝，正急等李成梁进京保驾，忽听太监禀报，说李成梁的儿子派人面君。万历皇帝立刻召见来人。来人述说总兵吞金已死的事，并将首级呈上，请皇上验看。万历皇帝一看，立刻头晕眼黑，拍腿跺脚说："咳！三弟呀，三弟！你怎么死了！"眼泪簌簌地淌了下来。他忙问来人总兵是怎么死的。来人说："总兵大人见万岁连发三道金牌催调进京，顿生疑心，便吞金而死。"万历皇帝一听，这事儿不对，就亲自追查。原来是宦官假传圣旨，偷发了两道金牌，逼死了李成梁。万历皇帝气得要命，查处了假传圣旨的宦官。又颁发圣旨，赏给李成梁家属黄金万两，替他修造坟墓。

万历皇帝派来的钦差大臣昼夜赶到了广宁城总兵府，送来钦赐黄金。李成梁的夫人接旨谢恩。接着，雇用匠人照着画像，用皇上送来的黄金打了个脑袋，镶在李成梁的尸身上。因怕葬后有人挖坟掘墓，偷走金脑袋，就又打了一模一样的五口大棺材。成殓后，并排停放在总兵府的灵棚里，烧香设供，祭奠亡灵。

出殡这一天，广宁城里鼓乐齐鸣，从总兵府中涌出几百名亲兵副将，沿四条大街列队站立，只听三声炮响，就见五行卫军和五队吹鼓手在前引路，后面各由七十二名兵丁抬着五口红色棺椁，上面罩着通红的绣花罩，一齐出殡。

第一路，奔向广宁城正南的大南门——迎恩门；第二路奔东南的太安门；第三路奔正东的永安门；第四路奔正西的拱镇门；第五路奔正北的靖远门。一时之间，五门同时出殡，惊动了全城百姓，男女老少，你推我挤来到街上观看。究竟哪口棺材是真的，哪口是假的，谁也叫不准。

这就是李成梁五门出殡的故事。多少年来，人们一直在寻找李成梁有金脑袋的真墓。有人说，从大南门抬出去的那口棺材，埋在北镇县城西南杏叶堡的南山根底下了，因为那里有石人石虎；有人说，从东门抬出去的那口棺材，埋在城东八里堡村南了；有人说，从西门抬出去的那口棺材，埋在城西朱屯村北了；有人说，从北门抬出去的那口棺材，埋在城北台子沟村的石人沟了，因为那里有石人石马；又有人说，真棺材没抬出总兵府，埋在总兵府的院子里了，其说不一。金脑袋究竟埋在哪儿了呢？到现在还是个谜，也许有一天会找到金脑袋的。

讲述者：张王氏　女　63 岁　北镇县广宁镇　不识字
采录者：刘克刚　男　北镇县文联　干部
采录时间：1965 年 4 月
采录地点：北镇县广宁镇

崇祯皇帝算命

传说，明朝末年，闯王李自成率领农民起义军包围了北京城。永定门眼看防守不住了。

消息传来，吓得崇祯皇帝再也坐不住金銮殿了，在左右内侍的劝说下，他换了一身平民百姓的衣服，逃出了后宫门，想趁乱混出北京城，以图再起。

这时候，兵荒马乱，皇城内人迹稀少，崇祯走着走着，看见前面来了一个算命的老者。那老者摇了摇手中的卦幌子，不紧不慢地迎着崇祯和他的随从走来。崇祯心中一动，就摆手叫住老者，想要问一问前程的吉凶祸福。老者上下打量了崇祯一眼，开口问他："先生莫非要问卦吗？"崇祯说："正想问个事儿。""请您随便说一个字吧！""我说一个'有'字。"崇祯心想，虽然今日京城难保，但这大明的江山今天毕竟还应归我所有。老者十分吃惊地说："'有'字上边是个大字而少一捺，下边是个明字而少半边。此字大不成大，明不成明，眼见大明的江山无望了。"

崇祯一听，吓得目瞪口呆，但还是强稳住神儿说："你老先生听错了，我说的不是那有无的'有'，而是'友'字。""是朋友的'友'字吗？"老者问，崇祯点点头。这个"友"字嘛，老者说："反叛的'反'字出头伸肢是为友，照卦意解，反叛李自成定然要成大气候啦。"

崇祯听了，越发心虚胆颤，但他还是强打精神对老者说："你老先生又错了！刚才，我心里想的是申酉戌亥的'酉'字，而不是朋友的'友'字。"老者听罢微微一笑，说："'酉'上两点是为酋，酋者，魁帅也。譬之一国，酋即其君。今酋字无头，看样子当今皇上此去将有杀身之祸。"

崇祯听罢，犹如一桶凉水从头浇下，他一语不发，返身回去，走进了御花园——就是现在的景山公园。当时的景山名叫煤山，崇祯不知不觉来到煤山之下，思前想后，江山无望，就解下身上的罗带，在煤山半腰的一棵树上吊死了。

传说，算命的老者其实不是别人，正是李自成的军师宋献策。当时，崇祯虽然穷途末路，但是如果真能逃离北京的话，未必就会死去。宋献策早料到了这一步，他单身一人乔装改扮，只用随机应变的几句话，就把崇祯皇帝送上了绝路。

讲述者：赵国海　男　56岁　朝阳市文化局　干部
采录者：刘琪华　女　辽宁省作家协会　干部
采录时间：1987年
采录地点：朝阳市

罕王出世

一天，从天上飞下来三个仙女，来到长白山天池洗澡。这时，从空中飞来一只天鹅，口中叼着一个红果，红果掉在三仙女的粉裙子上，飞走了。

仙女们洗完澡，忙着穿衣服。三仙女说：“这儿怎么有一个红果呢，闻着还这么香?”说着就放在嘴里吃了。吃完，觉得身子很沉。姐姐们说：“走啊，妹妹。”她说：“我飞不起来了。”

原来，三仙女吃了红果以后怀孕了，没办法，她就在天池边自个儿过日子。过些天，养了一个胖小子。三仙女想：这孩子也没有爹，我又不能带着他上天，就给孩子做个木排，顺着江水往下放，谁拣去谁留着吧。这个木排随便漂，有一群乌鸦在天空照应着。

江水下游有两个妇女洗衣服，一个姓王，一个姓肇，他们两家处得就像一家人似的，俩人一边洗一边闲唠。一个说：“老肇大嫂，你现在还有个小子，我都这么大岁数了，不管男孩儿女孩儿一个孩子都没有，你兄弟老为这事和我叨咕。”姓肇的媳妇说：“哎，大妹子，上边漂来个什么，乌鸦一群一群跟着?”“大嫂，那不有把镐头吗，搁镐头搭过来看看。”“哎呀，是个小孩儿，在木排上边哇啦哇啦还哭呢。大妹子，这是个大胖小子。我有个儿子了，这个小孩儿就让给你吧。”“给我就给我，叫什么好呢?”“这不有名了吗，用镐头搭的，你家姓王，那干脆就叫王镐吧。”“也好。”她乐呵呵地抱着小孩往家走，正好遇着她丈夫：“老头子，我给你拣来个小孩儿。”“搁哪拣来的?”“搁河套。”细细一说，老头子乐了。

那年头荒乱，又赶上闹时令病，王镐十多岁时，爹妈接连去世了。他就在老肇家生活，出去给人家当半拉子[1]

① 半拉子：指未成年的劳力。

啊，种地呀。挣钱给老肇家，缺啥少啥也跟老肇家要，好像老肇家就是他的家。

又过了几年，老肇太太和老肇头儿也都死了，留下孩子叫大罕，比王镐大两岁，娶了媳妇，加上王镐一家三口过日子。

有这么一年，王镐十八九岁了。大罕说："兄弟，在这也没有钱花，今年咱们放山上山挖人参去。"王镐说："那也好。"大罕把媳妇也带着，三个人就进了山。

在早年，放山都有个规矩，没放山之前得修个庙，上炷香，许个愿，为的图吉利。大罕和王镐两个也搭了一个小山神庙。大罕跪下了，也没有香，插了三根草棍儿，说："山神爷老把头在上，弟子肇大罕今天来许愿，俺俩挖着大山货，送整猪整羊来上供。"大罕抬头一看，庙里头真有个老头儿，在那儿头不抬，眼不睁。大罕对王镐说："兄弟，你过来，咱俩放山也有你一份儿。"王镐也就过来跪下。他一跪，庙里那老头儿也跪下了；王镐磕头，他也磕头；王镐作揖，他也作揖。怎么回事呢？

大罕很是纳闷儿，回到家里，私下和媳妇说："今天我们搭个庙，山神爷老把头可真来了。可我磕头时他头不抬眼不睁，咱兄弟一磕头，他就跟着还礼，你说怪不怪？"媳妇说："你明天单独磕头问问山神爷，到底是怎么回事。"

第二天一早，大罕又到庙上："我说山神爷，我给你磕头你不还礼，俺那兄弟磕头你怎么还礼呢？"山神爷说话了："那个王镐是仙女所生，他的后代能当一朝人王地主。你是啥？你是平民百姓，我给你磕啥头。"

大罕一听愣了，回家对媳妇说："山神爷说他的后代能当一朝人王地主。有他在的时候，咱们还好说，没他在时咱家可就借不着光了。""那怎么办呢？""哎，有了，你跟他悄悄地睡觉，生下孩子又是你养活，往后要真的当了一朝人王地主，不就是咱们老肇家的吗！"他媳妇说："那好吗？"大罕说："有什么不好的，你别看王镐是仙女生的，也是一斗豆子没喂了——半彪子货，愣呵呵的不懂事。"

第二天，大罕说："兄弟呀，咱庙也上了，愿也许了，你跟你嫂子在家，弄点柴火，准备准备，我出去看看场子，不能瞎走啊！"王镐说："好呗。"大罕就躲出去了。

大罕的媳妇就引逗王镐。一天不上套儿，两天不上钩儿，架不住日子长，他俩就凑合到一块儿去了。过了些日子，大罕回来，媳妇说："有了。"王镐见着大罕也觉得不好意思，可大罕假装不知道，只说："咱俩放山刨人参去。"

大罕和王镐往山上走，大罕问："兄弟，你说哪个山有参哪？"王镐说："我哪知道，我是跟哥哥来学跑山的。"大罕说："你说说看。"王镐被逼没法儿，就说："大哥，那个北山准有个大参。"到那儿果然挖出个大参。大罕乐了："兄弟，你看还哪个地方有？""我看那南边山也有。"到那一找，果然，又挖出一棵大参。就这样，大罕和王镐天天都去挖参。

转过年，大罕媳妇生了个男孩儿，红光满面还挺胖，起个名儿叫小罕。大罕和王镐都挺喜欢，一家四口人在山里过日子。

一来二去，小罕长到七八岁了，大罕有病死了。三个人合计合计，要下山到营口卖参去，钉个骨头匣，把大罕的骨头拣巴拣巴弄个背夹子也背上了。

走到新宾的永陵，那时虽然是个小堡子，背着骨头匣，人家也不让进堡子住。王镐说："孩子，咱们把骨头匣放到堡子西头儿吧。"他们顺着北山根儿，走到村西头儿，一看也没有合适的地方，放在地上又怕叫狗啃了，山根底下有棵歪脖树，就把骨头匣放在树丫上，树丫那儿正好有个窝窝兜。

一进村住到店里，小罕他妈就病倒了，王镐卖了人参治病。过了几天，王镐和小罕走出堡子外，去看看大罕的骨头匣，你说奇怪不奇怪，才几天的工夫，骨头匣子竟长到树上，拽也拽不下来，掰也掰不下来。

小罕回去告诉他妈，他妈也觉得自个儿不行了，也没说啥，没过几天就死了。王镐犯愁："这怎么办？"小罕说："我看阿玛在树上，干脆给我讷讷埋在树下吧。"

一直到现在，罕王爹妈的坟还埋在永陵。

讲述者：洪福来　男　满族　42 岁　新宾县新宾镇　农民　小学
采录者：徐奎生　男　满族　新宾县文化馆　干部
采录时间：1979 年
采录地点：新宾县新宾镇

李总兵抓罕王

到了大明末年，钦天监观星，看到有颗紫微星落到了北国。就这样各大总兵到北国去抓紫微星，不管哪个民族的人，够五尺高的就开刀问斩。

辽阳的李总兵抓来两个孩子，都在十六七岁，不够五尺，只有四尺九，所以没杀，留下他们做了茶童。其中有一个叫小罕，长得又精明又伶俐，李总兵非常喜爱他。小罕也总是守前守后地侍候李总兵，连晚上睡觉前洗脚，都是小罕的事。小罕发现李总兵的脚掌心有三颗朱砂痣子。第二天就和李总兵的二房夫人说："你知道吗，我看见李总兵大人的脚底下还有三颗红痣子呢。"夫人说："他为什么当总兵？就因为他主贵，有那三颗痣子。""那三个痣子就主贵呀，那要是再多呢？""再多，那就更主贵了。""夫人你看我这个脚，我的脚上长了七颗痣子。"二夫人一看，赶忙说："小罕呀，你可别说啊。你要说了，现在正抓紫微星呢，可就没你的命啦，你可千万别说啊。"小罕就记在心里了。

这一天，李总兵出去练兵了。俩小孩儿在书房没事，就把玉带拿过来，他俩脊梁靠脊梁把玉带就扣上了。俩人觉得挺有意思的，就在床上笑。李总兵回来了，进门一看，这还得了，这是朝廷官人所用的玉带，你们还敢拿着玩儿。他上前本想打他们两下子，却不知不觉地跪下了。两个孩子也着急，可就是打不开，等李总兵跪下了，玉带也"咔吧"一声开了。他俩起来了，李总兵啥也没说就回后堂去了。

李总兵见了二夫人就说："怪呀，今天抓紫微星，明天抓紫微星，这紫微星还在咱府里呢。这两个孩子把玉带扣上了，我生气想打他们两下子，走到床前不知不觉就跪下了，玉带也开了，这两个孩子中必有紫微星。"二夫人说："可能是赶巧了，别瞎合计。""不，明天我得启奏京里，我得抓他们。"二夫人一听就去告诉小罕："你可惹了祸啦，你没事怎么能拿玉带玩儿呢？总兵大人在床前是不是给你跪下了？总兵现在要抓你这个紫微星，你快跑吧。"小罕说："我往哪跑哇？"二夫人说："得啦，将来你跑了我也活不了，指定是我透漏的消息，咱俩把大青、二青马备上，一块儿逃跑吧。"他俩把马备上了，上马就跑了。

总兵晌午回来吃饭时，一看小罕和夫人不见了，又见大青马、二青马也没有了，这就派兵追赶。这马队"哇哇"地就追下去了。

小罕和夫人他俩没骑过马，眼看就要被追上了，他俩来到路旁一片松林里。二夫人说："小罕，你自己逃走吧，咱俩在一起指定跑不了，我还给你赘脚。"小罕说："那哪行！你救我，我怎么能把你扔了？"二夫人说："别顾那些了，顾你自己要紧，等你当皇上那天别忘了我就行了。"小罕依依不舍地骑上大青马跑了。二夫人看他已经跑远，自己就解下丝绦，在松树上吊死了。

等李总兵到了松林一看，二夫人已经吊死了，这就兵分几路追小罕。小罕跑来跑去，把马也扔了，在地上跑，眼看要被追上了，他就站那地方顶风撒起尿来。大兵见了说："这是个傻小子，顶风撒尿。"没理他就过去了。小罕又往岔道上跑，又一路大兵要追到了；小罕又蹲下顺风拉屎，这路大兵一看，这个小子是缺心眼儿，顺风拉屎闻臭味儿呢，没理他就过去了。小罕还往前跑，跑得又饥又渴又困，趴到地上就睡着了。这时来了一群乌鸦盖在他身上，大兵到这儿一看，地上是一群乌鸦，兵又过去了。小罕醒了还跑，跑来跑去又困了，躺下又睡了。不一会儿，觉得有什么东西咬他，他一看是一个蝼蛄，气得他抓过来就把脑袋给揪下来了。这时他一看，大兵远远地又追来了，小罕一想：唉呀，蝼蛄这是救我呀。他从地上找个席篾棍儿把脑袋又给插上了，所以现在蝼蛄的脖子都是精细的。小罕说："我要是能得天下，封你为西宫。"蝼蛄听差了，听了个"稀拱"，所以蝼蛄后来是庄稼苗哪稀往哪拱。

小罕一直跑到长白山一带，和那里挖棒槌[①]的一起挖棒槌。有一天，他对挖棒槌的人说："这就是棒槌啊，那还不好挖，有的是。"别人说："你这小孩儿知道什么，这棒槌六十年一出世，那么容易就遇上棒槌啦？""不信明天我去给你们挖去。"第二天，小罕出去不大时间就挖回了一堆，净是七品八品叶，都是成货。大伙儿一看说："唉呀！你真好，真有福气！咱们选你当头儿，咱们大伙儿捧你。"到后来人们就称这伙儿人为八旗，小罕成了罕王，领着八旗子弟打天下，终于成了气候。

讲述者：于春贵　男　69岁　鞍山市立山区居民　小学
采录者：缪歌今　女　34岁　鞍山市铁东区文化馆　干部　大专
采录时间：1986年7月
采录地点：于春贵家

---

① 棒槌：人参。

神簪救罕王

传说，明末的时候，老罕王努尔哈赤带领八旗兵平定了辽东之后，又往西征。一时进军失利，被明军围困在医巫闾山的一个山沟里。

老罕王的八旗兵将，不熟悉这里的道路。眼前四面环山，内无粮草，外无援兵，围困日久，粮食全吃光了，官兵们一个个都饿得哩趔歪斜，横躺竖卧地支持不住了。当时，罕王的军法严明，对老百姓是秋毫不犯，就是到了这种地步，谁也不敢乱动老百姓的一棵庄稼和一粒粮食。

这天晚上，老罕王一宿没合眼，在山沟里走来走去，咋也想不出突围的好办法，越寻思越着急。到天蒙蒙亮的时候，老罕王实在支持不住了，就靠在山坡上仰天叹气："唉！莫不是老天爷真不成全我？"正说着，就听耳朵边"嗡嗡"直响，他站起来顺着响声找去，啥也没看见。一低头，忽然看见身边有一根玉石簪插在地上，他顺手拔下来一看，这簪子直闪金光，耀人眼睛，上面还刻着"闾山神"三个字。

老罕王得神簪，急忙跪下祷告："山神保佑，请告知我神簪的妙用，等我得胜之后，一定重修庙宇，再塑金身，供奉山神。"他反过来掉过去祷告了好几遍，还是啥动静也没有，心里也就凉了半截。

老罕王坐在那儿思来想去发起愁来：这一带没有花草树木，也没有飞禽走兽，山上除了乱石头就是大石砬子①，山下除了盐碱滩就是泞泥洼子。几天来，官兵们颗粒米没进肚，哪还有力气突围打仗？这样下去，还不是眼睁睁地等死吗？老罕王一边想一边用玉石簪子在地上乱画。呀！怪事儿，只见他画过的地方齐刷刷地钻出了一片绿草。这时，老罕王也来了精神，越画越快，地上的草也越长越多，越长越快，长了一片又一片。这种草不长叶儿只长秆儿，不开花就结籽儿，密密麻麻一棵挨一棵，有一柞那么高，籽儿有针鼻

---

① 石砬子：山上耸立的大岩石。

儿大，撸下来尝尝甜丝丝的挺好吃。老罕王立刻下令，全军收集草籽儿，聚少成多，拿它当粮食，赶快埋锅造饭。他一边吩咐，一边用簪子猛画，画完沟里画沟外，画完南山画北岭。画呀画呀，老罕王累得腿疼胳膊酸，满脑袋淌汗，身上的战袍湿得像从水里捞出来的一样。

老罕王画得太累了，想直起腰喘口气，就叫来一个兵卒替他画。兵卒刚接过玉石簪，还没等画呢，就见玉石簪在手里打了个旋，“嗖”地钻上天去了。

老罕王一看，急坏了，忙喊：“玉石簪！玉石簪！我还没用完呢！”喊声刚落，只见那玉石簪在天上绕着老罕王的兵马画出一个光圈儿，光圈儿以外的天，立刻黑得像锅底，“哗哗”地下起大雨来。老罕王的兵马都在光圈儿里头，一个雨点儿也没浇着。紧接着，又听“咔嚓”一声响，那玉石簪正好落在对面的山头上，变成了一块百八十丈高的像宝剑一样的青石，直立在那里。

这时，老罕王一看外围敌兵被雨浇得七零八落，正是突围的好时候，就当机立断，发出命令：“全军吃过饭，立刻突围。”老罕王的队伍吃了草籽饭，都觉得从来没吃过这么香的东西，简直比山珍海味还好吃。吃完了浑身是劲儿，他们一鼓作气，冲杀明军，打了个大胜仗。

讲述者：刘景儒　男　68 岁　北镇县富屯满族乡汪屯村　农民　不识字
采录者：刘　菡　女　北镇县文化馆　干部
　　　　刘文海　男　北镇县文化馆　干部
采录时间：1983 年 5 月
采录地点：北镇县富屯满族乡汪屯村

罕王战锁阳

抚顺城原先叫锁阳城。

老罕王从兴兵堡出兵，一连打了三把[1]大胜仗，接着

① 把：次。

就直扑锁阳城。明朝官兵一听说老罕王来了，吓得急赤呼啦地逃。

老罕王带领十万人马进了锁阳城，那真是进了无人城，没有一个士兵在那把守。老罕王扎下营寨，贴出了安民告示。这天晚上，大摆筵席，庆贺胜利。可正在这当口儿，就听外边吵得慌，原来明朝官军来了三十万人马，把个锁阳城围得水都不漏。老罕王急忙上城墙去看，见灯笼火把没边没沿儿，乱箭漫天射来，知道是中计了。老罕王一路净打胜仗，飞快地进了锁阳城，但粮草落到后边，被人家断了后路。

第二天，老罕王就率领八旗军突围，突围几回也没冲出去，都被官军漫天乱箭射回来了，人家人多势众啊。冲，冲不出去；守，外边的粮草又送不进来，老罕王只得向老百姓买粮。可是一来二去时间长了，老百姓也没有粮了。人吃不饱，个个都没有精神。后来就吃些糠菜、草根、树皮什么的，就连中药铺卖的那些中草药也都吃光了。敌兵天天在外边喊："投降吧，投降吧，你们都要饿死了。"老罕王的军心不稳了，有的要投降，有的要逃跑，可也有硬的："不行，不能投降，人在城就在，城破人就死，脑袋掉了碗大个疤，有啥了不起！"

这样，一直僵持了七七四十九天。就在这天晚上，听外边呜呜作响，吱吱乱叫，士兵报告："罕王，外边来了一大群黄毛耗子。"

罕王打着灯笼出去一看，不知怎的，遍地都是大耗子，黄乎乎一层，可转眼工夫又都不见了，哪儿去了呢？原来锁阳城下净是窟窿，它们都进耗子洞了。老罕王一寻思，人都饿到这般地步，哪来这么些耗子？它们必定是有吃的，既然进洞了，那就挖洞，跟耗子借粮。老罕王一声令下，城中军民挖地三尺，有的还挖到一丈，可真看到粮食了，洞洞都是粮食，不知是存放了多少年的谷子、大豆、包米。“耗子有余粮”这话一点儿不假，这一挖就挖出来二三百石。

老罕王的人马吃了顿饱饭，都长了精神，就挂起了白旗假装投降。官兵一看这边扯起白旗，当官儿的连个兵刃也没拿，抄个马鞭子指手画脚就来接收降兵，兵士也没穿铠甲，大大咧咧跟在当官儿的后边。城门刚一打开，就听见惊天动地的一声炮响，老罕王带领十万人马冲杀出来，大刀上下翻飞，砍官兵像切大萝卜似的。正好城外的八旗援军也到了，见老罕王杀出来，也从四处冲杀过来，里外夹击，打得官军死的死，伤的伤，跑的跑，降的降。老罕王眼看要完了，反倒打了个大胜仗。

以后，锁阳城虽说改叫抚顺城了，可直到如今，在抚顺煤洞子里谁看见耗子也不打，为什么呢？就是因为耗子当年救驾有功，它们借给罕王的粮食还没还呢，咋惹人家耗子？

讲述者：查树元　男　满族　48 岁　新宾县新宾镇供销社　干部　中专
采录者：徐奎生　男　满族　新宾县文化馆　干部
采录时间：1984 年 11 月
采录地点：新宾县新宾镇

袁崇焕智守松山城

从前，锦州城南二十多里有座松山城。当年明、清两军在杏山、松山大战时，松山城墙是在布上画的。为啥不用砖、石修城墙而画在布上呢？这里有一段故事。

那是明朝末年，老罕王努尔哈赤统帅八旗兵十三万，浩浩荡荡从盛京出发，去攻打明朝的辽西重镇锦州。一路上斩将夺关，连连得胜。明朝一连丢了十几座城池，八旗兵很快攻占了锦州城。

老罕王的兵马一鼓作气，又接连攻下了松山、杏山、高桥，直逼宁远卫城，就是现在的兴城。宁远卫的守将叫袁崇焕，是个英勇善战的大将。他亲自率领三万明兵，坚守抵抗。他把几百门“红毛大炮”运送到前线，一顿红毛大炮就打死了八旗兵三万多人，老罕王也中炮而受重伤。主帅受伤，军心不稳，仗是没法打了，不得不退兵。袁崇焕的兵马又乘胜一路追杀。八旗兵退到杏山、松山一带。这一退一追，一追又一退，双方展开了历史上有名的松山、杏山大战。最后，袁崇焕又夺回了松山城。

老罕王败退到锦州南山上，居高临下，安营扎寨，要借女儿河背水一战。这南山尖上有块大青石，有一间房子那么大，石头上有一个圆眼，老罕王下令在这圆眼里插起了罕王旗。八旗兵们见这块大青石下面有三条半腿，一个人用劲推，石头就能活动，多人推，石头反倒不能活动，八旗兵们都围着大青石发愣。忽然，从大青石下的洞里爬出一条大黑长虫。这长虫有碗口粗，一条扁担那么长，吓得八旗兵都往后退。一个旗牌官举刀要砍这黑长虫，被老罕王喝住了。老罕王想：这大黑长虫可能就是青龙，这是青龙显圣，保我灭明朝，我得在这青龙石上修座青龙亭，改国号为“大清”，再建一座罕王殿，让青龙跟我一起坐江山。后来人们把这块大青石叫成了罕王殿。

兵败如山倒，这话一点儿也不假。老罕王连吃败仗，加上伤口疼痛，医治又不见效，心里挺乱糟[1]，梦里还老说胡话："红毛大炮真厉害！快退兵！"

老罕王的儿子皇太极，眼看父王的伤势严重，要报父仇，非要跟明兵决一死战不可。他决定以锦州为中军大营，重整旗鼓，围墙筑壕，防守锦州。

松山城离罕王殿不到四里远，中间隔一座小山包，双方对打了一个多月，也不分胜败高低。有一天晚上，突然刮起了大南风。袁崇焕心生一计，立刻分兵五路，借助大南风，放火烧了八旗兵营。这一仗，火借风力，风助火威，烧了八旗兵一大半粮草，劫走了两万多匹军马，冲破了三道壕防线，红毛大炮轰倒了老罕王的点将台。老罕王知道战局不好，锦州难保，一气之下，命令所有火炮齐轰松山城！松山城墙被轰倒了好几处，可很快又修上了。这是咋回事呢？

原来松山城里，有个裱糊匠的姑娘叫李媛姑，那年十八岁，聪明伶俐，从小跟爹学了一手扎花、画画的好手艺。李媛姑看见城墙多次被轰倒，她担心城墙要修不好，老罕王的兵马一旦进城来，老百姓就要遭殃，她就向袁崇焕献上一条"布画城墙计"。袁崇焕问她啥叫布画城墙计？李媛姑说："我带人画布城墙，挂在一排木杆上，把轰倒的城墙堵上，从远处看会像真城墙一样。"

袁崇焕一听很高兴，采用了李媛姑的计策。就这样，老罕王一连炮轰了三天三夜松山城，多次派人察看松山城墙，

---

① 乱糟：指心里烦乱。

都回报说："明明看见轰倒了城墙，怎么转眼间就修好了呢?"老罕王不信，就叫人把他抬到青龙石上，两手擦了擦眼睛，往松山城方向仔细观看，见松山城墙当真完整无缺。老罕王想：莫不是天助明兵?这是轰不倒的松山城啊!

老罕王正在犯疑，忽听探马来报："袁崇焕的兵马包围了锦州城！粮草起火！军民被劫！明军大喊：'活捉罕王，赏银万两!''烧死八旗兵，锦州得太平!'"老罕王一听，气得伤口崩裂，晕倒在青龙石上。等他醒过来时，有气无力地对儿子皇太极说："我不行了，快撤兵!"皇太极本想探明虚实以后再撤，谁知老罕王气大，抽出宝剑砍断了大青石头上的罕王旗！皇太极只好从命。

当天夜里，皇太极率领兵马，保护着老罕王，丢下车马粮草撤出了锦州城。袁崇焕的兵马随后赶来追杀，八旗兵死的死伤的伤，回到盛京一查点，剩下的残兵败将不足三万。老罕王一气之下，含恨而死了。

当时，锦州的老百姓唱出一首民谣：

李媛姑，画布城，
袁崇焕，借南风。
红毛大炮打罕王，
火烧八旗十万兵。

讲述者：王喜华　男　58岁　锦州阀门厂　工人　小学
采录者：张国柱　男　锦州市太和区文化馆　干部
采录时间：1986年
采录地点：锦州市

聪明的达海

离赫图阿拉城不远，有条苏克素护河[1]。河边有个姓觉尔察的老汉，老两口儿都五十多岁，没儿没女，孤孤单

① 苏克素护河：即苏子河，流经新宾县境。

单，打鱼为生。

这天，正赶上红翎子鱼咬汛[1]，老两口儿撒了一天网，一条鱼也没打上来。这是犯了哪股邪气呢？眼瞅着扣在网里的鱼，哧溜——没影儿了！天快黑了，老夫妻俩朝河里“呸！呸”吐了两口唾沫，收起旋网、鱼篓，准备回窝棚歇息。咦！那是啥？就看上游水面上漂下来一个物件儿，白花花的，一沉一浮，一蹦一跳，活像一条大鲤鱼。老汉麻溜儿抡起旋网，“刷”地撒了出去，觉得网里沉甸甸的，轻轻捞到岸边，抖开一看，哪里是鱼，原来是个缠得严严实实的白布包儿。老两口儿把白布包儿揭开一层又一层，揭到最里层，就听“哇”的一声，嘿！原来里边是个白白胖胖、虎头虎脑的小男孩儿。老两口儿乐颠儿颠儿地把小孩儿抱回窝棚。老太婆一边亲着胖小儿的脸蛋儿，一边说：“我的乖乖呀！这真是老天长眼，不让咱觉尔察家绝后哟！”老汉说：“老婆子，你快上炕卷起炕席，铺上谷草，搂着小嘎儿，老实儿趴着。我出门在门梁上挂个弓箭，再到左邻右舍淘换点儿小米、鸡蛋，实打实地给你伺候月子，见人就说这小嘎儿是咱自个儿生的，别说捡的，省得将来有人唆弄，孩子掰生[2]。”老婆高兴地说：“他阿玛！给孩子起个名儿吧。”

老汉琢磨半天，一拍大腿说：“叫达海吧！”

转眼工夫，小达海九岁了。这小家伙十分聪明伶俐。

① 咬汛：鱼在交配产卵期的俗称。

② 掰生：感情疏远。

这些年，苏克素护河岸搬来不少满人和汉人，星崩地①还有些朝鲜人和蒙古人。这些好邻居，各有各的话，各有各的字。小达海一听就懂，一学就会。各族邻居你来我往，都找小达海给搭桥，当翻译。人们都叫小达海是“小圣人”。

这天，小达海领着一帮满、汉、朝鲜族小朋友，在路旁老槐树底下演习刀枪弓箭，小达海用三种话发号施令。正玩在兴头上，大路上过来一帮骑马的，里边有位年岁大的，叫扎海，在京城里当大官儿，是老罕王顶信服的巴克什②。老扎海见小达海人才出众，又会说好几种话，当面叫住，考问一番。小达海是问什么答什么，一样也没考短。老扎海心里越发喜欢，就跟小达海的阿玛、讷讷说：“你们这小马架子窝棚也快塌了，有啥值钱东西，收拾收拾，一家三口儿都马上跟我进京吧！”老两口儿吓得浑身打颤，哀求说：“我们整天打鱼，也没犯啥罪，进京干啥？快饶了我们吧！”老扎海哈哈大笑说：“嗨，老哥哥，老嫂子！你们这小达海，将来准有出息，我认他做干儿子啦。往后，咱们是亲家，进京一块儿过好日子吧！”老两口儿这才放下心，高兴起来。

小达海进京以后，在干阿玛家一头扎进书堆里，学问天天有长进。有一天，干阿玛老扎海从朝廷里回家，唉声叹气。小达海问：“阿玛，你老人家心里有啥解不开的疙

---

① 星崩地：零星的。
② 巴克什：满语，学者、师长之意。

瘩？跟孩儿说说吧！”老扎海说：“唉！今天西洋进宝，那宝物，凤不像凤，鸡不像鸡，浑身没毛儿。西洋人指着满朝文武大臣说，谁能认出这宗宝，还得叫它长出满身毛，绕着金銮殿飞三遭儿，他们就服了。满朝文武大臣都是大眼儿瞪小眼儿。老罕王火了，叫我明天早晨上朝认宝，认出来加官晋爵，认不出来就推出斩首。孩儿呀，这回算完啦！”

小达海眨巴眨巴大眼睛，笑呵呵地说：“阿玛，别愁。明天早晨上朝，西洋人问，这叫什么雀？你就说是蜈蚣。再问怎能长上毛？你就说，在金銮殿上架起四个铁炉，生着火，把蜈蚣放在当间儿，四面烤，烤疼了，那毛就哧哧长出来了，看它扑棱翅膀了，你就把脚一跺，大声说：好一个胆大的蜈蚣，你不在西洋摆浪，竟敢跑到东洋来猪鼻子插葱——装象！你要不绕着金銮殿飞三遭儿，我打你十万八千狼牙棒！”

老扎海听了小达海的话，琢磨了一宿。第二天早朝上殿，当着老罕王和西洋人的面，照着小达海的话一闹腾，那怪雀真就叫长毛就长毛，叫扑棱膀儿就扑棱膀儿，叫绕金銮殿飞就绕金銮殿飞。老罕王捋着胡子，心里要多自在有多自在。西洋人可傻眼了，大鼻子都气歪了，眼珠子骨碌碌一转，从怀里又掏出一宗宝。是个啥宝呢？圆溜溜的像个蛋，不是鸡蛋，不是鸭蛋，也不是鹅蛋。西洋人问：“这叫什么蛋？是黄儿在里边，还是青儿在里边？”满朝文武大臣谁也答不上来。老罕王又火了，叫老扎海明早上朝回话。

老扎海回家，又是唉声叹气。小达海问：“阿玛，今天上朝认宝没灵验？”老扎海说：“灵验灵验，一点儿不假。”“那你老人家为啥还不高兴？”老扎海把西洋人的第二宗宝又学说了一遍。小达海大眼睛一忽闪，说：“这个蛋，是蜈蚣蛋。禽鸟蛋都是青儿包黄儿，蜈蚣蛋是黄儿包青儿。不信，打开看。”

老扎海第二天早朝上殿，这么一说，抡起金瓜钺斧就要砸蛋。西洋人吓得哇啦哇啦直叫，连说：“对了对了，别砸别砸！”老罕王瞅瞅老扎海，点头笑了笑，心里像琢磨啥事儿。西洋人还是不死心，从怀里又掏出一宗宝。啥宝？一个歪把儿葫芦。问：“这葫芦里边几粒籽儿？”文武大臣都闷在葫芦里，谁也不敢冒蒙[①]说。老罕王又叫老扎海明早上朝再说。

老扎海回到家里，还是发愁。小达海一问，明白了，说：“阿玛，你明早上朝带把锯，就说这是西洋歪把儿葫芦，里边只有两颗籽儿。不信，用锯拉开看！”

老扎海睡了一宿香甜觉，第二天早朝上殿，从西洋人手里抓过葫芦，摇了摇，晃了晃，说：“西洋葫芦算个啥宝，里边两籽儿不多不少。不信，开瓢！”说着，抄起锯就要拉。西洋人吓得一把夺过葫芦，连说：“对了，对了，别锯别锯！”接着，西洋人回头给老罕王深深鞠了一躬，说：“陛下，中国人真有能耐！我们服了，服了！”

---

① 冒蒙：胡乱猜测。

老罕王客客气气地送走了西洋人，心里老叠劲儿，老扎海是有学问，可他也没有这么大的学问呀。嗯，背后一定有个大能人给他出招儿。想到这儿，老罕王说：“扎海！”老扎海连忙跪倒：“喳！”“朕昨晚做了一个梦，你若给我圆对了，加官晋爵；圆不上来嘛，犯欺君之罪！”老扎海战战兢兢地说：“臣听凭圣上旨意。不知做了什么梦？”老罕王说：“朕梦见，山倒了，海干了，花开了，日头落了。”说到这儿，一摆手，“下殿吧，明天早朝回奏！”

老扎海回到家里，愁得饭不想吃，茶不想饮。小达海说：“阿玛，您还愁啥呀？”老扎海怎么来怎么去地说，后又补了一句：“圆不上这个梦，阿玛就犯了欺君杀头之罪呀！”小达海听到这里大眼睛一忽闪，说：“阿玛！这点儿小事，愁啥！”说着把小嘴儿凑在老扎海的耳门上，喳咕了一气。老扎海越听越乐，喊来家人摆上一桌酒席，酒足饭饱，打着嗝儿，回屋就睡。

第二天早朝上殿，老罕王问：“梦圆好了吧？”老扎海不慌不忙地回奏：“圆好了。”老罕王问：“山倒了是啥意思？”老扎海答：“山倒地传名。”“海干了？”“海干出真龙。”“花开呢？”“花开得太子。”“日落呢？”“显出紫微星！”老罕王听罢哈哈大笑，满朝文武大臣都齐刷刷地跪下，三呼万岁。老扎海寻思这回可没事了。谁知老罕王又说：“扎海！明早上朝，你要提来一盏天大的灯笼上殿！”

老扎海回府就趴在炕上叹气。小达海问过情由，说：“阿玛，你老人家该吃该喝该睡随便，明早准有天大的灯笼就是了！”

第二天鸡鸣五鼓，小达海早把灯笼准备好了。老扎海提着灯笼，大摇大摆地上了金殿。老罕王一看，是个纸叠的小灯笼，比拳头大不点儿，上面写着两行小字：“天赛灯笼月生光，照得天下亮堂堂。”老罕王接过小灯笼，反复仔细端量那两行小字，连夸：“妙笔生花，气吞山河！”老扎海叩头谢恩，准备下殿。老罕王喝道：“扎海！朕命你明早牵牤牛带犊上殿。”

老扎海回府浑身直冒冷汗，倒在床上。小达海问明情由，说：“阿玛！这些日子，你老人家累体登了①，该好好歇息几天，明早就不用上朝了。”老扎海说：“唉！圣上怪罪下来，那还得了？死也得去！”小达海说：“孩儿替阿玛上殿回奏！”老扎海担心地说：“小小年纪，你不害怕？”小达海说：“天塌了有高个儿顶着，我怕啥！”

话说不及，鸡鸣五鼓。小达海穿戴打扮梳洗完了，挺着胸脯，上了金殿。正赶上值日官点卯儿，点到老扎海。一位大臣说：“扎海大人没来。”老罕王问：“谁来了？”小达海说：“回圣上，我来了。”老罕王问：“你是何人？”小达海说：“我是扎海的干儿子，达海。”“你义父怎么没来？”“在家坐月子了！”“胡说！老爷们儿怎能坐月子？”“圣上，那牤牛怎能带犊子？”老罕王哈哈大笑说：“小达海！你比诸葛亮还难请啊！”小达海说：“臣子不敢。”老罕王说：“哼，若不是朕使出引虎出山之计，你还不想为

① 累体登了：累垮了。

国出力吧?”小达海说:“臣子年幼无知,请圣上宽容。”老罕王说:“朕念你有巴克什之才……”小达海抢先跪倒,高呼:“谢主隆恩!”

打这以后,小达海成了巴克什,跟随老罕王征战,编写满文,传授汉文,替老罕王写文书,下诏命,立下汗马功劳,成为一代圣贤。

讲述者:姜一堂 男 96岁 宽甸县古楼子乡砬子沟村 农民 不识字
采录者:焦 平 男 宽甸县文联 干部
采录时间:1987年
采录地点:宽甸县古楼子乡砬子沟村

王尔烈惩县令

有一回，王尔烈[①]从京城回辽阳翰林府。路上，他安

① 王尔烈（1727—1801），字君武，号瑶峰。辽阳县兰家乡风水沟村人，清乾隆进士，精通诗文、书法，有“辽东才子”之誉，有《瑶峰集》行世。

歇在一家清堂瓦舍的客店里，天刚见黑，店家对王尔烈说："客人，今晚咱们县令大人要到店里过夜，你住的上房只好给让出来了。"这事儿把给王尔烈赶车的老头儿气得脸红脖子粗，说："你们咋看人下菜碟？不讲理，也没有个先来后到?!"王尔烈说："这没关系，客随主便嘛！"店主人说："实在对不住，你就跟我到后院儿的豆腐房委屈一宿吧。"王尔烈二话没说，带着随行的赶车老头儿来到豆腐房。店家不知道王翰林的真实身份，就把他弄到了全是豆浆味儿的小厢房里。这儿可热闹了，一不小心就会碰得锅碗瓢盆叮当响，鸡吵狗叫的别想睡觉。要是看耗子打架，听狗崽子挠门，倒准不犯难。

天刚擦黑儿的时候，县官大人在随从的护拥下，乐颠儿颠儿地来到了客店。王尔烈一瞧那人，好大的架子，小小县官连走路时左右都有人搀扶，像这等芝麻官怎能为百姓做好事？一打听才得知，这小子仗势欺人，三句话不对举手就打，张口就骂，成天吃喝玩乐，不理政事。反正这么说吧：脑瓜顶生疮，脚后跟冒脓，都坏透顶了。人们恨他又不敢惹他，见他都躲得远远的。王尔烈心里琢磨，得整治他一下，煞煞邪气儿。

夜深了，县官也睡着了，有好几个人守护着。住在豆腐房的王尔烈忙碌了一天，感到头晕眼花，腿酸脚胀。他本想舒舒坦坦地睡一觉，没法子，摸啥啥潮乎乎、湿漉漉的，只好眼巴巴地坐着。月亮升到房脊顶上的时候，王尔烈让赶车的老头儿把皇上赐的两个大灯笼点上。灯笼是红绸子做的，里面的蜡烛有小胳膊粗，烛光把小房照得像起了火似的。

县官的跟班儿挺纳闷儿：小豆腐房里的人怎么不睡觉，深更半夜的点灯笼干啥？这不妨碍县老爷睡觉嘛！他撸胳膊挽袖子地走过去，想把灯笼摘掉。近前一看，他傻眼了，那灯笼上面写着“老主同年少主师”几个大字。这是当今乾隆皇帝赐给翰林王尔烈的，这事儿无人不知，无人不晓。没曾想王翰林睡在豆腐房里，吓得他连忙回去禀报给县官。

县官睡得正香，迷迷糊糊中听到手下人的禀报，他一骨碌爬起身来，就觉得脑袋嗡的一下子，差点儿吓昏了。他知道王尔烈那副灯笼是皇帝给的，灯笼上的字就是皇上的御旨，他走到哪里谁敢怠慢？皇上怪罪下来那还了得！事先，县令知道王尔烈回辽阳翰林府必经这儿，才特地到这个店里来等着。趁人家没到，他想享点儿清福，哪曾想反倒糟心了。王尔烈出行简朴，早已到达店里，就在这节骨眼儿上，让自个儿把他欺进了豆腐房，把这个破衣褴衫的老头儿当成老土包子了。他把肠子都悔青了，埋怨手下人是饭桶。

这会儿弄得他露面不是，不露面也不是。堂堂的王翰林怎能任人耍戏？吓得他连忙穿衣服，反趿拉着鞋来到豆腐房扑拜在地上，向王尔烈请罪。王尔烈看了看跪在地上的县太爷，一声没吱，对赶车的老头儿说：“连日来，我走得腰酸腿疼，累得够呛。该歇歇乏了，你把灯熄了吧！”

老人将灯笼熄灭，王尔烈呼呼地睡着了。

那县官心里犯了合计，怕王尔烈怪罪他，吓得浑身筛糠，跪在地上一动也不敢动。他跪过了一更跪二更，跪过了二更跪三更，一直跪到公鸡叫亮了天，才熬到了头儿。王尔烈起来没搭理他。真是欺人欺到豆腐房，一跪跪到大天亮。

王尔烈惩罚了专横的县官，大减了县太爷的威风，才吃早饭，打点行装继续上路。临走时王翰林带搭不理地对县官说："官与民同寝，才知百姓困境；官与民同行，才知黎民疾苦。今日罚你跪在床前，是让你懂得拿自心比人心的道理。"

讲述者：张胡氏　女　70 岁　辽阳市孤家子乡梨庇峪村　不识字
采录者：金雅锋　女　28 岁　辽阳县广播局　干部　中学
采录时间：1986 年 3 月
采录地点：辽阳布孤家子乡梨庇峪村

压倒三江的王尔烈

王尔烈在朝中当了一辈子官，从来也没有放过外任。到了他的学生嘉庆当皇上，正赶上龙虎年，开科考状元。江南江北设有两个大考场，江南考场设在金陵，就是现在的南京。江南才子多，才学很高。往年开科派到江南考场的主考官，回回都被江南才子奚落得灰溜溜地跑了。为了这个事儿，闹得皇上脑袋疼。这回轮到嘉庆登基坐殿派主考官，琢磨再三后，放了他的老师王尔烈的钦差。

七十多岁的王尔烈当上了江南考场的主考官，奉旨到了金陵。江南文武官员都前来迎贺，唯独不见众举子前来拜门生。王尔烈心中很不高兴，随手写了四句诗，让仆人贴到钦差驿馆的门外：“不字多一撇，正字少一横，一点不曾见，两点随全欠。”

主考官张榜贴告示，招来一大群举子，把钦差的大门口围个水泄不通。他们左看右看，猜了又猜，老半天才弄明白，原来主考官大人贴了一首字谜诗。谜底是四个字：“移步视钦”。众举子明白了，这回皇上派来的主考官可不比往年，于是纷纷来拜门生。

虽然拜了主考官的门生，有的举子心里还有些不服，想试探王尔烈的才学。有一个举子对他说：“主考官大人，您可听说过，江南纱帽多？”王尔烈回答说：“我还听说，塞北莽袍宽。”又一个举子说：“大人，听说，北方雪压青松头点地。”王尔烈不慌不忙地说：“我也听说，南方风吹荷叶背朝天。”众举子听了都觉得王尔烈可不好弹弄①，再也不敢小看他了。

到了开科考试这天，众家应考举子按部就班地坐到自己的位子上应试。按往常的规矩，应考的举子在试卷上写三篇文章作两首诗，文章的三个题目由主考官出，两首诗的题目自己任选。可是这回举子们打开自己的试卷一看，全都傻眼喽！原来王尔烈在试卷上出了一个题目，是《论语》的第

① 弹弄：摆弄、对付之意。

一句话“学而时习之”。要求用一个题目做三篇文章，各篇论理不准重复。这可把应试的举子给难住了，一个个抓耳挠腮，憋得大汗珠子直淌，几乎没有一个人能把考卷答得圆满。

到了考试的最后一天，王尔烈用“学而时习之”为题，写了三篇不同的文章，作了一首七言诗，让人贴在考场的外边。不说文章做得多好，就那七言律诗，也叫人看得眼花缭乱。诗是：

馆阁居官久寄京，朝臣承宠出重城。
闲宿净寺寻僧叙，夜越花巷向晓行。
辞别慈亲催寸草，忍抛朋辈任飘蓬。
欣逢盛世识书吏，蛮陌氓民慕美名。

众举子看得瞠目结舌，一个劲儿地伸大拇指。都说主考官的诗文盖世无双，用字押韵工整。从此谁也不敢小瞧王尔烈，反倒敬重这个干瘪老头子了。

考试完了，王尔烈要回京述职。临上轿时忽然看见一边轿杆上贴着一张红纸，上边写着一行字：“虎去山犹在”。他立刻写了下联：“山在虎还来”，贴在另一边轿杆子上，才起轿上路，离开金陵而去。

王尔烈人还没到，制伏江南才子的信儿，却跟风一样传遍了京城内外，嘉庆皇帝高兴地说：“真是压倒三江的王尔烈。”

讲述者：宋世昌　男　75岁　海城市千山乡七鲞子　退休教师　初中
采录者：韩　波　女　48岁　鞍山市旧堡区文化馆　干部
采录时间：1986年6月
采录地点：海城市千山乡七鲞子

王尔烈教太子

清代乾隆年间，王尔烈在翰林院教书。

一天，他让管事的太监请来太子，并叫太子自选一段《孟子》背诵背诵。

太子站着疑疑迟迟地背道：“孟子见梁……”刚开头，

就卡壳了。王尔烈阴沉着脸，紧皱眉头，训斥太子说："殿下一味贪玩，荒废学业，不肯发奋读书，不听规劝，这就难以宽恕了！"王尔烈指着孔圣人像下的黄绒棉垫，怒喝一声："跪下！"太子看看周围没有人，就"扑通"一声跪下了。

这时，皇上闲游路过书房，王尔烈罚太子下跪，他看得真真切切，气得脸色煞白。平时，太子身上落片树叶，宫女太监都吓得手忙脚乱。父子天性，皇上亲眼看见儿子受了委屈，矮了半截，能不心疼？皇上暗地想：王尔烈呀王尔烈，我让你教太子读书，谁让你叫他下跪？这还了得！

太监推开房门，皇上满脸怒气走到太子跟前，王尔烈给他磕头，他没理睬，猫腰拉起太子就往外走。太子也怪，他爹不来，啥事没有，皇上一来，他"哇"地一声，眼泪鼻涕全下来啦。

皇上拉着太子，一边往外走，一边说给王尔烈听："读书是太子；不读书，照样当皇上！"王尔烈面对着皇上父子的背影，感慨地说："读书明理，励精图治，可成仁君。从小厌恶诗书，贪图享乐，长大能否立业兴邦，那就难说了！"皇上听了王尔烈的话，拉着太子又回到书房，指着黄绒垫子，冲着太子喊道："跪下！"太子很机灵，又在老地方规规矩矩地跪下了。

皇上满脸带笑，问王尔烈："卿家，你罚太子下跪，心里不害怕吗？"王尔烈行了君臣之礼，回皇上说："圣上，臣罚太子下跪，很害怕。我害怕太子学业无成，不明事理，日后上殿，昏君当道，百姓可就不得好日子过了。”

皇上听了，连连点头，当场给太子下了一道口谕：“不听师教，理应重罚！”

讲述者：刘宝山　男　81岁　海城市腾鳌镇寿甲村　农民　小学
采录者：于丹波　海城市腾鳌镇二中　退休教师
采录时间：1986年5月
采录地点：海城市腾鳌镇

徐翰林的传说

之前，新金县出过不少知名学士。清咸丰年间，大田镇太平庄就出了个翰林院大学士，名叫徐赓臣。

徐赓臣从小就十分聪明。一天晌午，同学们在私塾里睡午觉，徐赓臣听到外面树上的家雀儿唧唧喳喳直叫，心就活了。他趁先生不注意，溜出学馆，爬到树上摸雀儿蛋。摸着摸着，先生来了。徐赓臣一看，急忙下树，边下树边想：这下可坏了！得挨手板子了。

由于他心慌，一下子从树半腰摔了下来。这一跤摔得可不轻，痛得他龇牙咧嘴不敢吭声。先生心里有气，本想处罚他，但一见他那副可怜相，又觉得好笑，随口说道：

“咕咚掉下地。”

正在这时，树上的一只雀儿展翅飞去，徐赓臣急忙和道：

“扑噜飞上天。”

一个天一个地，对得严丝合缝儿。先生听了二话没说，走了。

又一天放学后，徐赓臣与同学们一道回家。来到大沙河边，见一个闺女不敢过河，正在发急，他二话没说，裤腿一挽，便把闺女背过河去。同学们见了，一个个交头接耳直嘀咕，徐赓臣没理茬儿。

第二天，有人把这件事告诉了先生，先生大发雷霆，把徐赓臣叫到堂前，在一通“男女有别”、“授受不亲”的训斥之后，举起戒尺问道：“为何不知廉耻，亲近淑女？讲！”

徐赓臣不慌不忙，小脸儿一扬，随口吟诗一首：

淑女临渊叹碧流，
书生化作渡人舟。
聊将素手挽纤手，
恰似龙头对凤头。

一朵鲜花插玉背，
十分春色满河洲。
轻轻放在沙滩上，
默默无言各自羞。

先生听罢，把戒尺一收，转怒为喜，暗自称赞徐赓臣是个德才兼备的好后生。

一天傍晚，徐赓臣和叔叔在门口歇风凉。叔叔见一牛倌举鞭在抽打牛，他为了试试侄儿的学问，就说：

牛皮做鞭鞭打牛。

徐赓臣张口就说：

雕翎制箭箭射雕。

叔叔一听，乐了。

有一年腊月二十九，徐赓臣的父亲要找一副字联来挂。这字联，自打有了徐赓臣那天起就没挂过。他找来找去，只找到上联，下联不知哪儿去了。他想借此机会试一试儿子的学问，就故意不告诉儿子下联写的是啥。

徐赓臣见上联写的是“风扫竹枝活”，稍一寻思，提笔写出“雨浇荷叶翻”的下联来。父亲见儿子写得一点儿也不错，十分高兴。

徐赓臣二十六岁进入翰林院后，长年背井离乡，思念家乡心切，整天愁眉不展，唉声叹气。一天，咸丰皇帝来到翰林院，看出了他的心思，便开口试探道：

十口心思，思父思母思妻子。

徐赓臣随口答道：

寸身言谢，谢天谢地谢君王。

咸丰皇帝听完，当即准他回家探母亲。

徐赓臣回到家后，正赶上家乡唱大戏。戏班子听说徐翰林在家，求他写副对联。徐翰林毫不推辞，提笔便写道：

唱是两个曰曰喜怒日哀惧曰出于口；

戏是半边虚虚荣华虚富贵虚动干戈。

戏班子将这副对联张贴在戏台两侧的柱子上。这一天，看戏的人特别多，人山人海。他们不是来看戏的，而是来看徐翰林写的这副对联的。

讲述者：刘成惠　男　56 岁　新金县大田镇　干部
采录者：王连发　男　47 岁　新金县文化馆　干部
采录时间：1986 年 5 月
采录地点：新金县大田镇

鲍知县治无赖

切肉的最怕滚刀肉，
劈柴的最怕盘丝头，
当官的最怕泼无赖，
一见了无赖就发愁。

这是清朝嘉庆年间，流传在辽南复州城里的几句民谣。

有一年，复州城里来了一位县官。上任这天，按着惯例和当地百姓见了面，叙人情，讲风俗，摆条律。正唠在兴头上，忽然闯进一伙儿歪戴帽儿敞着怀的大汉，对县官一抱拳说：“县太爷，小的们向你请教。”县官一愣，忙问：“请教什么啦？”“不知新任大老爷都有些什么刑罚，小的们特来试试刑。”县官心里一惊，立刻明白了：这是一群泼皮无赖。心里想：我刚上任就治不服他们，往后还谈什么王法条律？于是把脸一沉：“来人哪！”衙役们“嗖”的一声，像饿虎扑食一般，把这些泼皮无赖按倒在地就是一顿大板，一边打一边问：“怎么样？”这些无赖毫不在乎地说：“像挠痒痒一样！”县官说：“那好，再换个新花样！”衙役又拿出拶子夹他们手指，一边夹一边问：“怎么样？”无赖们龇牙一笑：“大老爷，没有比这再舒服的啦！”“那好，再给你们换个花样！”谁知县官把所有的刑罚都用完了，这些无赖也没说熊话[1]。气得县官把案桌一拍，命人把他们的衣服扒光，用剃头刀在他们身上拉口儿，一边拉一边问：“怎么样？”可是这些无赖却又“嘿嘿”一笑，轻松地说：“大老爷，不把脑袋砍下来，不能服啊！”县官一狠心，就想命人往死里打。又一想，要不得，人家没犯死罪，打死了，这也没法交代呀，再说上任头一天就打死了人，这名声也不好啊，没办法只得放了他们。这些家伙，一到大街上就把衣服一搂炫耀开了：“怎么样，县官老爷的刑罚都用遍了，也没把我们怎么样！”从此后，他们在大街上、市场上到处横行，见谁不顺

① 说熊话：服软，说泄气话。

眼，张口就骂，举手就打。见卖好吃的，张口就要，伸手就拿。谁要是不满意说他们两句，瞧吧，堵在胡同里能把你揍个扁溜溜。到了晚上，他们更是狗上房子作得紧，不是偷鸡摸狗，就是调戏妇女。谁要是去告他们，你就别想得好了！他们不是揪着你孩子整得他“报庙”① 似的，就是在你老人跟前吹死人喇叭，真叫你打不得骂不得，末了，还得说小话哀求他们。整个复州城叫他们闹得家家不安，人人缩头。县官打怵了，睁一只眼闭一只眼，任他们胡作非为去吧。

三年后，县官调走了，又来了一位姓鲍的知县。鲍知县一到任，照例和百姓见面。这时，那群泼皮无赖又来试刑了。鲍知县笑呵呵地问：“你们都受过什么刑，能向我报一报吗？”无赖们嘻嘻笑着拱拱手：“俺哥们儿试过的刑罚无其数，只可惜每一样印象都不深，光觉得大板子越打越舒服，拶子越拶越轻松，刀片儿在俺身上都剐遍了，俺也没觉怎么疼。不知你大人还有什么新玩意儿，拿出来让俺哥们儿换换口味怎么样？”鲍知县捻着胡须闭了闭眼，这些无赖就挤眉弄眼地偷着直乐，心里说看来他也是个草包！

他们越想越得意，说：“请大老爷快用刑吧！”鲍知县睁开眼睛，不动声色地说：“着急了？只怕你们刑罚加身，后悔莫及呀！我劝你们从今往后改恶从善，做个规规矩矩的老百姓。”“哎呀，大老爷，俺们今天来就是为了试刑，你可不能让俺们白来啊！”鲍知县说：“那得跟你们讲明白：如果受不了说熊话怎么办？”“大老爷，你叫我们怎么

---

① 报庙：旧时人死后家人到庙上通报死信。这里形容大哭。

办，就怎么办！”鲍知县点头说声：“好！我就要你们老老实实地做人！”“一言为定，大老爷加刑吧！”“那就来吧，既不打又不骂，就是下跪，不准动一动。”

知县叫人把几口三四百斤重的大肥猪一劈两半儿，每半儿挖开一大一小两个窟窿，大窟窿可卯可榫地套在他们的脖子上，小窟窿紧紧登登地箍住他们的手腕子，这叫“肉枷”。然后让衙役把他们带到市上，迎着日头跪下，派士兵看守，除了眼睛可以眨巴外，身上其他任何部位都不准动弹。

开始这些无赖还觉得挺好笑，心里说，这算个什么刑罚呢？别说一半儿猪搁在肩膀上，就是整个猪加上来，就凭咱这身板儿，还能压趴下么？嘿，小菜儿一碟儿。可是过了两个时辰就觉得不是那么回事了。当时正值三伏天的晌午头，天上一朵云彩也没有，周围一丝风也不刮，那毒日头火辣辣地烤着，地面被晒得吱儿吱儿烫人，天和地这么一扣，活像个大蒸笼，一会儿就把他们蒸得呼呼直喘，浑身上下的汗水不断溜儿地往下淌。紧接着那肉枷开始出味儿了，而且臭味儿越来越大，不但冲鼻子，还直往脑子里钻，一个个被熏得昏头涨脑，胃里的东西一个劲儿地往上翻。最使人受不了的是那些满天里滚成球儿的黑头苍蝇、绿豆苍蝇，奔臭味儿直嗡嗡。瞎眼虻也凑着热闹往上叮，肉枷上落满了又纷纷爬到脸上，鼻子眼窝全聚满了，又是屙，又是蹬，捉弄得无赖们直哼哼。其中有一个受不了，甩了一下脑袋，被士兵敲了一下：“动什么？不准动！”那个无赖小声说：“爷们儿，不好受啊。”“不好受？

这才哪儿到哪儿？好戏还在后头呢？”无赖们一听，一个个紧鼻眨眼把牙咬，心里想：不能说熊话，这一关要是过不去，以后就别想在复州城里横冲直撞了。

头一天好不容易熬过去，可是第二天却是别有一番滋味儿了。不但那些苍蝇还嗡嗡直闹，而且脖子上又有什么东西在叮了。瞅着士兵看不见，无赖们就把脖子左一下右一下地夹一阵子，可是真怪，你夹得越紧，它们叮得越欢，只觉得脖子转圈儿痒痒疼，那个挠心劲儿呀，哪能赶上挨顿板子舒服啊。挨到晌午时，无赖们低头往肉枷上一看，我的妈呀，浑身上下顿时起了一层鸡皮疙瘩，原来肉枷上生了白花花的一层蛆。让火热的太阳一晒，这蛆翻滚着专门往脖子和肉枷之间的缝儿里爬，爬到里边，又是钻又是拱，拱得这些泼皮无赖都像抽了疯，只见肩膀身子乱扭动，胳膊腿儿直蹬蹬，一会儿趴下一会儿跪，只觉得天旋地转。还没等到日头落，这些无赖都出了声儿了，头点得像捣蒜似的对士兵说：“爷们儿，快去向大老爷求求情，说俺服了，从今后保证改邪归正，重新做人，绝不胡作非为横行霸道！”

从这儿以后，复州城的老百姓又安居乐业了，城里到处都传颂着鲍知县智降无赖的佳话。

讲述者：宫涤生　男　70岁　瓦房店市复州镇　退休教师　高中
采录者：刘永峥　男　瓦房店市剧团　干部
采录时间：1986年
采录地点：瓦房店市复州镇

左宝贵的传说

清朝末期，有个武官叫左宝贵，回族人，家住山东费县[①]。他有个外号叫“角帅”。咋叫“角帅”呢？那时候，

① 费县：今平邑县。

当元帅的全是方印，左宝贵的官儿倒是挺大，可够不上元帅，他的大印缺个角儿，这才能和元帅的印分清楚，“角帅”的名儿就是这么来的。

巧建营口清真寺

左宝贵到过辽南、辽东好些地方，营口、海城、岫岩、凤凰城，他都去过。左宝贵诚心信回教，凡是他到过的地方，只要有清真寺，他都去拜。遇到清真寺的什么困难，他总是出钱，给寺里用。

清朝末年，营口那儿有好些回族人，可是没有清真寺。大伙儿想修吧，一是没钱，二是地方上不给地号。有一回，左宝贵来营口，回民们听说了，都来找他，讲起修不上清真寺的事儿。左宝贵听了，答应给想办法。

当时，营口有个文庙。这天，左宝贵在地方官的陪同下来到文庙。他一看庙四下的墙都倒了，庙顶上长满了荒草，有的地方已掉瓦了，里边露天，蛛网、灰尘满处都是。左宝贵看了挺生气，打了个“唉”声，说：“这庙怎么不修一修呢？”地方官说：“钱粮收不上来，改修不起。”左宝贵说：“汉族信奉孔夫子，年年都要拜他，没有好庙，怎么拜？这样吧，我帮你们一些银两，你们赶快动手修吧。”随后，立刻出了一些钱。当地大户一看左大人出了钱，也都捐献。这样，没过半年，一座庙修好了。

修好了庙，营口的地方官和有头有脸的人说：“左大人帮了咱们，咱们怎么回敬左大人呢?”大伙儿商议来商议去，想不出个好办法。后来，有人说：“左大人是回族，咱们这儿没有清真寺，上回他来，连清真寺都没拜上。这儿的回民多次请求修清真寺也没修成，不如趁这机会修座清真寺。一来回敬他老人家，二来满足本地回民的要求，岂不是两全其美!”大伙儿都说这主意太好了。这么一来，出钱的出钱，献地号的献地号，施工的施工。一年之后，一座清真寺修成了。

清真寺修成，地方官亲自到奉天[①]向左宝贵报喜，左宝贵很高兴，对地方官说：“各个民族应当互相尊重，谁也别压谁，过去有的地方发生教案，都是在这方面没处理好。”

过后，人们都说：“左大人这招儿可真高明。”

调节民族纠纷

清朝末年，从奉天上安东[②]有条大道，那就是先到辽阳，经过海城、岫岩、凤凰城，最后到安东。这几个地方，都是辽东的名城，人口密集，交通方便。甲午战争前两年，左宝贵领着大军来安东，走的就是这条大道。

当时，凤凰城的地方官，要接外地来的大官，都是老早在城西头的鬼王庙等着。左宝贵来也是这样。左宝贵这

---

① 奉天：今沈阳市。
② 安东：今丹东市。

次是行军，骑着大马。行军的将领有个规矩：有人接也不下马。左宝贵到了鬼王庙，和迎接他的人打了招呼。这时候，有个随从说："清真寺的阿訇也来了。"左宝贵问是哪一位，随从把跪在前面的一个人指给他看。左宝贵赶忙下了马，上前把阿訇扶起来。

凤凰城的清真寺在城的西北角，离城还有五里多地。阿訇教长请左大人到清真寺打尖①，左宝贵同意了，和教长一路步行，来到清真寺。

打尖的时候，左宝贵问阿訇："这儿的回民怎么样？清真寺有什么困难？"阿訇说："殿角坏了，要修一修，这还是小困难，想想办法还是能办到的；最棘手的是——"左宝贵听出话里有话，接着追问："还有什么难办的，你说说看。"这时一个陪坐的回民说："清真寺后面住个满族人，姓蔡，过去他想占寺里的菜地，咱们没干。他怀恨在心，有时候往寺里泼猪血，扔猪肠子，找他时他还要横，不认账，这件事最难办！"左宝贵听了，"啊，啊"两声，没说别的，事情就岔过去了。

随后，凤凰城的官儿们单独拜见了左宝贵，还表示要招待他。左宝贵说："我不抽烟，也不喝酒，你们不用招待我。我听说——清真寺后边有个姓蔡的……"讲到这儿，左宝贵有意把话打住了。

左宝贵领大队人马离开凤凰城以后，地方官把姓蔡的找到衙门里问："你讲讲，平时对清真寺都干了些什么！"

① 打尖：指随便吃点东西。

姓蔡的一看不好，就一五一十地把事情的经过讲了。地方官说："你想占人家的寺本来不对，接着又侮辱人家，哪有这么处邻居的。回去以后，赶快找庙里阿訇赔不是，要不，就办了你！"

下了公堂，姓蔡的马上到清真寺，找到阿訇，说了许多好话，说是往后再也不干那事了。阿訇通情达理，看人家主动认了错，道了歉，也就和好了，再也没出过别的差错。

讲述者：张万鸿　男　80岁　回族　丹东市食品公司　工人　小学
采录者：周播　王岩
采录时间：1986年9月
采录地点：丹东市食品公司

范八亩的传说

凌源西南有个黄土梁子村，姓范的差不多占了一半。别看这小庄不咋起眼，清朝的时候还出了个大名人哩。

这个人不通文不会武，也不是富户，是一个正里八经[1]的庄稼汉子。他叫范老大，光棍儿一条，从小放猪羊，长大了就给财主当长工。

范老大长得五大三粗，单说他那胳膊就比小檩子还壮实，往那一站，活像一座黑铁塔。嗓门大得吓人，好像在敲村头庙里的大铜钟。他有使不完的力气，干活实诚。远近几十里的财主都愿意雇他做长工，可又嫌他吃得太多，一顿能吃三四斤小米干饭。加上他为人正直，好打抱不平，所以雇他扛活都得多加小心。

一年秋天，地里场光以后，庄里来了个戏班子，要唱五天戏。这里是个大山沟，八辈子不唱一回戏，这一回唱戏，远近营子[2]都轰动了。不管是穷是富，是男是女，是老是少，都来看戏。

这时候范老大正给庄里的一家大财主扛活，听说来了戏班子，可把他乐坏了。开戏的头一天，他对东家说想看看头台戏，哪怕扣去半个月工钱也行。东家心里不愿意，又不好不答应，琢磨了一会儿才说："这么着吧，你把剩下的八亩茬子[3]刨完了咱们再商量。"范老大一听，就知道这是不答应呀，心里一下子来了气："刨完了让看不让看呢？""你要是一天刨完了，就让你看。""说话算数噢！""差不了。你要是一天刨完了，我让他们专给你唱一天。要是刨不完，哼，扣你五天工钱。""好，一言为定。"范

① 正里八经：亦称正儿八经，真正的、正支正派的意思。
② 营子：指村落。
③ 茬子：收割后的庄稼根。

老大转身出去了。“回来，我告诉你，我派人瞅着。一、你不能找帮手；二、一棵不许落下；三、日头下山为限！”范老大气得一句话没说，拎起两把大镐就上地了。

来到地头一瞅，我的妈，这八亩茬子可不是闹着玩儿的。唉，我咋这么傻呀，心一热乎就上当了！唉，要说刨它个三四亩嘛，还差不多，这……呸！反正答应了，不刨完也看不成戏呀。来吧！

他把小褂儿一脱，往手心吐了口唾沫，一双手一把大镐就干开了，不到小晌午就刨出一少半儿了。晌午在地头儿吃了饭，嘴巴子一抹，又抡开了。眼见茬子剩不多了，他越刨越来劲。就这样，日头压山时他就刨完了。东家听管家说了这事，心里可气呀！但一想范老大可不好惹，只好认输了。

第二天，范老大老早来到了火神庙前，一边和人们说笑，一边帮戏班子搬桌椅。戏班子的班主知道他就是一天刨了八亩茬子，挣来一台戏的范老大，分外敬重，硬把他请到了台前的雅座上。这样一来，远近看戏的都认识他了。从此以后人们念叨起他，就叫范八亩了。

范八亩自打火神庙唱戏出名儿后，穷哥们儿见了他都伸出大拇指，财主们遇着他，心里气恨得要死。这样一来，范八亩更贴近穷人，接长不短儿[1]地想治一下那些大户。

范八亩有个馋酒的毛病，上来酒瘾就抓耳挠腮的。一

① 接长不短儿：时断时续。

天，他望着从庄里赶来的拉酒车，心里合计开了。对！就这么着。

离范八亩他们庄二十多里地有个开烧锅①的，这家主人是个雁过拔毛的抠牙鬼。甭说对外人，就连自家人吃点儿喝点儿他都心疼。他家养了几只羊，从来舍不得拿咸盐喂喂，天天都让羊到后院舔尿盆嘎巴，人们就送他个外号叫“大嘎巴”。

那时候，上下几十里都得上三十家②去赶集。这天是一个集日，大嘎巴的拉酒车又从上边下来了。范八亩看准了，顺着后街朝庄北头走，来到一个拐弯的地方，径直朝道旁的石虎走去。这只石虎少说也有四百多斤。只见他“哎”的一下就把它挟到了路中间，然后跳上坝埂子抽烟去了。

不一会儿，老牛车咕噜咕噜地过来了，范八亩顺手拽几根榆毛子拧起要子③。那牛车走到石虎前面停住了，绕又绕不过去，大嘎巴和车老板瞅瞅石虎，又望望范八亩，心里明白了。

大嘎巴心想，今儿个准是个黑道日子，不该出门，要不一早上就别扭，碰上了范八亩。他冲车老板使了个眼神，两个人下车一齐挪那石虎，累了一身汗也没挪动。东家抹着汗，泄气了。他干咳嗽了几声，冲范八亩说：

“哎哟，那不是范老大吗，一大早就忙上了。来，抽

① 烧锅：做烧酒的作坊。
② 三十家：邻近的村子名。
③ 要子：用植物的枝或茎拧成的捆柴或捆庄稼的绳状物。

锅烟吧，这是地道的二茬子蛤蟆杆儿[①]，保准过瘾。”他没敢让人尝尝酒。

范八亩抬头笑了笑：“哎哟，是掌柜的。赶集去吗？好早哇！”说完从坝埂上站了起来，可没下来。“大兄弟，这石虎咋跑道当间儿来了，真见鬼！”“可不是呢，早晨我一上来就看见它在道上来回跑呢，最后停那不动了。吓得我出身冷汗。”“大兄弟，下来帮帮忙吧，你要是集上买点儿啥，我给你捎回来。”“好吧，我这有个坛子，你给我捎坛子酒吧，可得回来给你钱。”

范八亩托着个坛子下来了。大嘎巴心里直骂，这真要打杠子呀。“大兄弟，你那坛子能盛几斤呀？要多少钱一斤的？”“嗯，老兄要赏脸了是吧！这坛子满了才盛三斤。酒吗，就要你家烧的。”“我说范老大，咱哥们儿有啥过不去的，别这么整啊！”“好了，不捎了。”大嘎巴一看他要往回走，赶忙一挡说：“哎，哎，别走哇，谁说不捎来！我是说你要买咱的酒，何必还上那么远去捎，就在车上灌吧。”

大嘎巴怎么这么大方呢？一来他怕僵下去耽误上集，二来他怕惹下这范八亩，往后的麻烦也少不了，才咬了咬牙，狠了狠心答应了。

坛子灌满了，范八亩问：“统共多少钱啊？”“咳！咱是谁跟谁呀，还说着钱了？拿去喝吧，老兄一文不要了。”这小子来得倒快。范八亩把坛子扎好盖儿，放到一边去了。他转身冲大嘎巴和车老板一摆手：“来吧，可得加小

① 蛤蟆杆儿：一种烟草。

心，别咬着噢！虎老爷，这道上不是牛屎就是马粪的，你还是回到宝位上去吧。一——二！”

石虎稍微动了一下，还是没挪走，原来范八亩根本没用劲。又挪了一袋烟工夫，还没挪到原位上，大嘎巴和车老板又冒汗了。范八亩也往石虎上一骑，大口地喘着气。眼瞅日头大高了，大嘎巴这个急呀，他心里明镜似的，但又不敢说破。

“咳！人过三十真不中了，要是前些年，我早把它扔过去了。我说大哥，我肚子直叫唤，有劲儿也使不出来呀，我得先喝上两口酒再抬。你说是喝我的还是喝你的呢？”说完范八亩一跳就上了牛车。“哎，哎，慢着！”大嘎巴气得嘴唇直哆嗦，一瞅范八亩那叫人害怕的眼睛，就改嘴了：“唉，我倒不是舍不得，只怕你喝那桶没启封的。好吧，你就来这桶开盖儿的吧。”

咕噜，咕噜……范八亩一气喝了一斤酒，这才跳下车：“二位，闪开点儿！”他一猫腰，“哎……嘿”地一下，就把那石虎挟回了原处。他冲大嘎巴一笑，抱起酒坛子哼着小曲回营子了。

大嘎巴连气带累都上不去车了。后来听说大嘎巴因为破费了四斤酒竟得了场大病，做梦还直喊“虎来了”。

讲述者：丛培生　男　35岁　凌源县大河北乡　教师
采录者：张晓峰　男　凌源县政府办公室　干部
采录时间：1986年6月
采录地点：凌源县大河北乡

高神力

早些年，义县城里有个挺大的买卖家①。买卖家掌柜的姓高，叫高桂元，由于他力大无穷，大家伙儿叫他“高

① 买卖家：商店、店铺。

神力”。他力气大是咋来的？这有一个故事。

高桂元从小就学买卖，年轻时站柜台。由于他勤快老实，好学，心眼儿灵，慢慢吃上了“劳金”[①]，又当上小份掌柜的。可是他长得瘦小，浑身没劲儿，常常有人欺负他。可抬沉东西时大伙却给他抬大头，有时还拿话激他、羞臊他，他也没少因自己力单而在背地里掉眼泪。后来他自己单独开个门市，当上了东家。

有一天，夜静更深，他算账打算盘子儿。打着打着，上下眼皮一搭就糊里糊涂地睡着了。忽然间，店门开了，城隍爷走了进来，一屁股坐在对面的椅子上。没等他吱声，城隍爷就说：“高掌柜的，我有事要求求你。”“有啥事，城隍爷你就说吧。”“我肩头上生了个大疖子，你给我治一下，治好了，你要什么，我给你什么。”他激灵一下醒来，原来是个梦，心里很纳闷儿。回屋脱下衣裳去睡，却又做了同样的梦。

第二天，高桂元就来到城隍庙，看看到底是怎么回事。进大殿一看，城隍身上满是尘土，肩头上絮了一个雀窝。这回明白了，啊，城隍爷托梦说生疖子是应在这儿了。他把雀窝掏下来，又把城隍身上尘土打扫干净便回家去了。就在这天晚上睡着后，他梦见城隍爷笑呵呵地来了，一进门就说：“你治好了我的疖子，我要酬谢你，不知道你缺什么东西，你要什么，我就能给你什么。”

高桂元心想，我也没费啥，只不过是掏下个雀窝，也

① 吃劳金：受雇于人，出卖劳动力挣工钱。

算不了什么大事，就说：“我不缺什么，买卖挺好，日子顺心。”“你就一点儿不如意的地方也没有吗？”“我就是力气小点儿。”“那好，给你力气。”城隍爷说完就走了。

高桂元一觉醒来就觉得身上有点儿紧登登酸溜溜的。当他再拿东西时，就觉得这东西太轻了。从此，就力大无穷，百八十斤东西他拿在手里像是十数八斤一样，五斗一口袋的绿豆，一胳肢窝就能挟两口袋。后来，连那五尺的石头牲口槽，足有六七百斤，他伸手就搬起来。大伙儿都说：这是神仙给他的神力。这高神力的号也就叫开了。

那时，义县西关有个卖豆腐的张二。这张二从小就五大三粗，力气大得十数八个人都搬不动他，从没听说过义州城有谁比他力气大的。这些天他听大伙儿议论高神力如何如何，他心想，我得会会这个人，看他力气能大过我吗？

这天，张二推着个独轮小车，上放四板豆腐，来到高家门前喊：“豆腐——豆腐——”虽说这里没有人买豆腐，他就是不走，仍站在买卖家门口吆喝：“豆腐——”工夫挺大了，高桂元出门一看，这卖豆腐的老往店里看，心想：这个人可真怪，是不是找我会会劲儿的？就叫伙计去把豆腐买下来。“卖豆腐的，我们东家叫你把豆腐给我们搬到后屋去。”“好咧，我给送去。”张二用一只左手把小车右边辕子一端，就一步一步慢慢地走上了台阶，过了门槛一直送到后院伙房。大伙儿一看，这小车足有二百斤，张二一只手端来，非有千斤力量不可，劲儿可真大呀！

高桂元看在眼里，心说：怎么样，这是找我会劲儿的，便吩咐给豆腐钱。那时花的是铜大钱，他交给伙计说："你给送去，如果不够，你让他进屋到我这儿来取。"伙计送来豆腐钱，张二接过来一数："哎，不够，还缺十个大钱。""我家东家说，钱不够你到后屋去取。"张二奔后屋，进门一看高桂元坐在太师椅上，手里拿十个铜钱。"我来取那十个大钱。""好，给你，拿去吧。"话虽这么说，这给钱的把十个铜钱摞在一起，用两个手指头一捏，取钱的把手指一勾，两下都较上劲儿了。相持一会儿，张二把手指抽了回来，高桂元把两个指头一松，再看那十个大钱都被捏成四块，"哗啦"掉在地上。

这回张二可认输了，高神力真是神力呀，自个儿这么大的劲儿，在他手里连个大钱都没掏下来。

从此，高神力的大名就传开来了。

讲述者：邹廷英　女　68岁　义县头道河子乡王家沟村　农妇　小学
采录者：吴梦石　男　义县文化馆　干部
采录时间：1986年8月
采录地点：义县头道河子乡王家沟村

王代书

过去，人们把为打官司写呈子的人，尊称为“代书”。

有这么一个姓王的代书，他给人写呈子写得好，谁也驳不倒他，官司一打准赢，在家乡地面上特别有名望。

有这么张、李两家，为了坟墓地边子的事儿打官司。

俗话说："动弹坟上一根草，官司了不了；动了坟上一棵树，官司拢不住。"张家的地，紧挨着李家的坟甸子。这张家有点儿小心眼儿，为了多种几棵庄稼，就把李家坟地拱了点。李家可就不让了，告到县上。县官儿一看是毁人坟墓的事，当时就准状，把张家给传来，责问他："你种地竟敢拱人家坟墓，这还了得？听着，拱去的地你还回去不说，外要包赔人家损失。"

张家官司打输了，有点不服气儿，就请了这位名望高的王代书。王代书问了前后经过，"刷刷"就把呈子写出来了，说："你拿这个去，官司准能变过来。"他是这么写的："二牛耕地，一人扶犁；牛奔青草，多耕一犁。"很明显，这不是有意拱人家坟甸子，是牛奔吃青草造成的。县官儿看过这呈子，想："有道理呀！一不是镐刨的，二不是锹挖的，牛吃草多耕一犁，情有可原啊。"这官司真又翻过来了，不用赔损失了。李家也不服气呀，本来官司打赢了，怎么又变过来了！李家暗中一访，明白了：啊，是王代书给写的呈子呀！我也找他去，反正是花钱呗！这王代书见钱，真还就给他写了，也那么说的："拿去吧！管保你赢。"这回他是怎么写的呢？写的是："二牛耕地，一人扶犁；牛奔青草，多耕一犁。为什么垄垄找齐？"县官儿准过呈子，上个呈子多耕一犁是无意的，这个呈子就翻成有意的了，官司又打赢了。县官儿心想，这代书可是个刀笔邪神呀！就下令：今后只要我在此当县令，就不准王代书写呈子。王代书一不写呈子了，县里可出了一桩冤案。苦主去找谁，官司也翻不过来。

当地有个寡妇，男人活着的时候家里挺趁过[1]。男人死了，没留下孩子，这些产业当然就全归了这寡妇。这地方可有这么个规矩：她要出门改嫁，那产业就得全扔下，由族上的哥兄弟叔侄承受。所以她男人族上长辈就老给她出主意，劝她："年轻轻的还是出门子另嫁好。"意思就是想分她这份产业。她呢，还非守寡不可。这些人谋产不成，就想出损招儿，说她和哪个男的通奸，败坏门风，再不就硬哈[2]她，占她的便宜，勒她钱财。她实在受不了这窝囊气了，就要告官。她丈夫这边儿家族大，有势力，又在官府上使了钱，反倒先把她告了。这寡妇得信儿，就急得两眼冒金花：一是跑不起，因当时打官司，女的上大堂的少，一时半时打不完的官司，妇女三天两头去上堂，实在是受不了的事儿。再说，寡妇上大堂辩解奸情，更是件丢丑的事儿。她想来想去，只得找代书给写呈子，可是全都驳回来了。最后没招儿啦，她只好去找全县名望最高的王代书。王代书对她连连摇头，说："多咱[3]这位县太爷期满了，我多咱才能为人写呈子，要不我领不起罪。"这寡妇实在无法可想了，就给王代书跪下来，边哭边商量，又应许不少钱，才把王代书的心说动了。他说："我要给你写了呈子，县官认出是我写

① 挺趁过：意为家庭经济情况富裕。
② 硬哈：无理逼迫、欺负。
③ 多咱：什么时候。

的，你咋办?”寡妇说：“绝不说是你写的。”王代书又说：“人家要是给你上刑呢?”寡妇说：“我宁可脑袋掉了，也不招出你来。”王代书心想，她那话全是胡扯。现在她是这么说，真一动刑，她一个女人挺不过了，能不招?那样，我就全完了。

第二天那寡妇又来了。他就说：“这呈子我不能在家里写，得另找个地方去写。”求人的勾当，就得由着人家，寡妇同意了。只见王代书穿上皮袄，戴上皮帽，穿上毛毡鞋，一身数九寒天打扮，手里还提着炭火盆，另一只手托着笔墨砚台，就把寡妇领到野外去了。这寡妇走投无路，也就豁出去了，跟他走吧。俗话说：五月半，高粱没瓦罐；六月头，高粱没老牛。这个季节已是三伏的时候，高粱棵子埋人了，顶着七月中午的毒花暴日，寡妇跟他钻进了高粱地，他才动手写呈子。

寡妇拿着这张呈子亲自来到大堂，县令一看那字迹犯了疑，再看那状词，“哎呀”一言：“这人怎么又出头了?真不要脑袋了!”县令早就知道寡妇是冤枉的，宗族告她是为的财产。管这些呢，谁有钱拿来就替谁说话呗，反正也没人替这寡妇说话。现今有人替她出头了，还是那有名的刀笔邪神，这事儿就不好办了。想到这，县令把惊堂木一敲：“从实招来，谁给你写的呈子?”寡妇说：“奴家自己写的。”县令叫当堂试笔。寡妇说：“我怕连累别人，才没敢说实话。现在我实说，是我亲属给写的，我娘家还有人呢。”你县官儿再干什么，也不能轻易把人家娘家人给带上堂来呀。县官儿一合计，问你你不说，那好，动刑。先用的是轻刑，打板子、打棍子，这女人还真不善，没招。不招？好，动重刑，使夹棍！这回可就挺不住了，只好把王代书给招了。县令立即打发三班衙役，把王代书传到堂上问：“我已经不准你写呈子了，为什么还要替这个寡妇打官司？”王代书说：“我没给她写什么呈子。”县官儿转过来问寡妇：“是这个人给你写的呈子不？”寡妇说：“是！”王代书笑了笑，说：“县太爷您不准我写呈子，我是用脑袋担的保，怎会为她打官司呢?!”县官儿说：“不是你给她写的，她反倒要诬赖你不成？”王代书说：“您没问问她，我在哪儿给她写的呈子？我替她写呈子得有个地点啊！”县官儿叫寡妇回答，寡妇说是在高粱地里写的。王代书又说：“这七月天，穿的都是单衣单裤，我带个寡妇钻高粱地里给写呈子，这合乎人情道理吗？”县官儿一拍惊堂木：“我正要问你这个，身为代书，懂得国法道德，男女授受不亲。你为什么带个寡妇去高粱地胡闹？”王代书说：“就算我带她去高粱地写的呈子，请问，我那天穿戴的是什么？怎么去的？”县官儿只得转口问过寡妇，寡妇说：“是走去的。他穿的是皮袄，戴的是皮帽子，穿的是皮毡鞋，手里提着炭火盆。”这时王代书又问了，说：“六七月就是穿单衣服都容易中暑，我穿三九天的衣服，能写得了呈子吗？这案子显见是屈打成招，偏袒一方。”县官儿一听这话，就没词了。他本来就怕王代书，又没抓住证据，只好对寡妇说：“准你这个状纸。”

县官儿手上不干净，他怕这个刀笔邪神盯上他，咬住不松口，只得暗中退还了寡妇丈夫族人的钱财，秉公了结了这件事儿。

讲述者：李占春　男　59岁　沈阳市苏家屯区城郊乡金宝台村　农民　小学

采录者：郑友群　严晓星　男　沈阳市苏家屯区文化馆　干部

采录时间：1987年

采录地点：沈阳市苏家屯区城郊乡金宝台村

鲁班传线

鲁班知道自己的年纪一年比一年大了，就教了四个徒弟，把民间所用的建筑方法教给了他们，让他们继续收徒传艺。

净收了哪四个徒弟呢？就是瓦匠、石匠、木匠和笆匠。鲁班为他们准备了家什，就开始传艺。

先说石匠，鲁班教他从打石头到砌石头，石匠学得非常认真，干活儿也非常出力。石头打得方方正正，四面见线，墙砌得也是又直又平。不巧，有一天石匠在打石头的时候，两只眼睛都被碎石块崩坏了。这可急坏了鲁班，鲁班左思右想也想不出个办法，回家来他媳妇告诉他："疯狗眼睛一条线。"鲁班决定找两只疯狗眼睛试一试。第二天鲁班就差人四处寻找疯狗，可都没找到。

正巧，天上玉皇大帝修皇宫，听说鲁班是个能工巧匠，还有几个徒弟，就让兽仙下凡来请鲁班师徒。鲁班就对兽仙说："我倒可以，只是我的大徒弟的眼睛被碎石崩坏，去不得呀。"兽仙一听："眼睛坏了就给他换一双呗。"鲁班忙问："怎么换法呢？"兽仙告诉他："你在七月十五日那天晚上，拿着你的斧子在院里等着，那晚上天狗准出来吃月亮。你见月亮发暗，就冲月亮砍，这时你徒弟准喊脑袋疼，告诉他一宿不要睁眼，第二天眼睛就换好了。"鲁班记了下来，送走了兽仙。转眼七月十五到了，天黑以后，鲁班拿把斧子站在当院儿，眼睛直盯着月亮，事先告诉石匠，让他一宿别睁眼，脑袋疼也得挺着点儿。忽然，月光暗了，鲁班朝着月亮就是一斧子。这时，躺在屋里的石匠徒弟"哎呀"一声，鲁班也没有管他，回屋就坐在他身旁看着他，不让他睁眼睛。第二天天一亮，石匠眼睛真的又看见了东西，可把石匠乐坏了。鲁班仔细一看，眼睛是好了，可就是有点儿发直，鲁班怕他砌不好墙，就给他一条红色的线，告诉他在砌石头以前先把这线拉上，照这条线砌，就不会歪了，石匠徒弟挺高兴。

木匠徒弟听说师傅给石匠治好眼睛不算，还给了一条红线，也去找鲁班要。鲁班想，石匠换的是狗眼睛给条红线，木匠虽然眼睛没坏，可有一只眼睛也不好使，没有线儿也不行，给他啥线呢？给白线吧，木头的新茬儿多是白的，怕看不清楚，就给他黑线吧！顺手就给了木匠徒弟一根黑线，木匠也乐呵呵地拿走了。

再说瓦匠徒弟，他看石匠和木匠都从师傅那儿要来了线，也跟鲁班师傅要线去了。鲁班一听，心里想，老大、老二需要线，你干瓦匠活儿不用线也可以，如果非要线不可，我这儿也没有了，就对瓦匠说："你找你师娘要去吧！"瓦匠来到师娘这里一说，师娘顺手把上鞋绳子给他一段儿，是白线，瓦匠也高兴地拿回去了。

再说老四，就是笆匠，他看石匠、木匠、瓦匠都要来了线儿，也去向鲁班师傅要线。鲁班心里早有数儿，这四个徒弟，顶属老大好，顶属老四差劲，但看在师徒分儿上，就告诉他上王八那儿要去吧！

笆匠耷拉着脑袋到了海边，看见一个磨盘大的王八在晒盖子呢，就说："乌龟先生，鲁班师傅让我跟你要线儿来了。"那个老乌龟眨巴眨巴绿豆眼儿，声儿也没吱，伸出脖子向海里爬去，后面留下两行王八爬的印子，就像两行排起来的"八"字。这笆匠心眼儿还挺快，就把这印儿记下了，回去就照着王八爬的这个“八”字编笆。

一直到现在，我们看石匠还是使红色线，木匠使黑色线，瓦匠使白色线，笆匠编的房笆是一行挨一行的“八”字。

讲述者：张绍库　男　62岁　台安县达牛乡　农民　小学
采录者：高玉良　男　台安县　干部
采录时间：1986年5月
采录地点：台安县达牛乡

弥勒佛被贬下凡

开天辟地那时候，大地上不生五谷杂粮，天上给下油、下白面。人一吃饱喝足了心就要变样儿，随意糟蹋粮食。

有一年春天，西天如来佛爷拨开云雾，往下方察看。

只见有一家妇女，正拿张白面饼往孩子屁股底下垫，又见一家屋地上铺了好几张饼，有两个小孩儿正在饼上踩着玩呢。到了夜间，远近村庄盗贼四起，杀人放火。如来佛爷不看还好，这一看，可气坏了。从那以后，天上再也不下油和白面了，只下雨、下雪。也是从那个时候起，地上才开始生长五谷杂粮。

如来佛一看，人心向恶，就叫弥勒佛到下方杜善人家收回“善铜”。“善铜”是怎么回事儿？弥勒佛光知道人世间有一个大善人，姓杜。如来佛从上方扔下来一块善铜，落到了杜善人家。

这一天，弥勒佛来到人间，到杜善人家门前化缘。敲了半天木鱼儿，杜善人才给拿出一个铜大钱儿。弥勒佛心想：善铜也不能只是一个铜钱啊。他来气了，顺手就把这个铜大钱儿扔到地里了。

弥勒佛回到西天，向如来佛禀报说：“我在杜善人家门口化了半天缘，他才施舍一个铜大钱儿。看来人间善人也不善了。”如来佛说：“那个铜钱，就是我给他的善铜，在哪儿呢？”“叫我给扔在地里了。”“快去收回。”

弥勒佛二次来到人间，到地里一看，糟了，怎么呢？那个铜钱扔在粳地里了，碰巧从那个钱眼儿里长出一棵粳子①。这棵粳子已经出穗了。要把铜钱拿下来吧，就得把粳粒撸掉。糟蹋粮食不是糟损天物吗！不拿下来吧，又交不了旨。弥勒佛一想：唉，我吃了它吧。想到这儿，他撸

① 粳子：即早稻，米质不黏。

下粳粒，放到嘴里嚼吧嚼吧就咽肚里去了。随后，才把铜钱摘了下来。

弥勒佛回到西天，如来佛问他："善铜找回来没有？""找回来了。""怎么找回来的？"成佛的不能撒谎啊，弥勒佛说："这铜钱扔到粳地里了，从钱眼儿长出一棵粳子。""那棵粳子呢？""粳粒叫我吃了。"如来佛生气地说："你知道不？天赐五谷是救济众生的。你糟蹋粮食，伤损天物，犯天条了。贬你下凡，变作耕牛给人耕地去！"触犯了天条，弥勒佛还有啥说的，下凡托生耕牛去吧。

正赶上杜善人家里有头母牛要下犊。头天晚上弥勒佛就给杜善人托梦，说："我是弥勒佛，前次来你家化缘，你给一个铜钱，我嫌少就扔到粳地里了。第二次我回来取这个铜钱时，从钱眼儿里长出棵粳子。为了拿出铜钱，粳粒叫我吃了。如来佛说我糟损了天物，一怒之下贬我到这儿托生牛。明天你家母牛下犊，那就是我。"杜善人一听，心想这还了得！第二天，他家母牛果真下犊了。这牛犊溜光水滑，是头小母牛。杜善人心想：这我可得恭敬啊！软草细料喂着，天天刷洗还不用它干活儿，把这头牛恭敬得像个佛爷似的。过了一年，弥勒佛该回西天了。他又给杜善人托梦说："我要回去了，你得杀我，不经刀杀如来佛还会怪罪于我。"杜善人没法，第二天找人就把这头牛杀了。肉也没吃，挖个坑整个儿都埋上了——就差给打个棺材。

弥勒佛回到西天说："我灾消难满了，回来交旨。"如来佛生气地说："你还有脸回来，你罪更大了！你到那儿去应挨鞭打棍捶，给人效力。你可倒好，活儿也不干，享受去了！你认为给你一刀算消灾了？不行。回去！罪加一等，再干三年。"弥勒佛一听，没咒儿念了。再回去托生牛吧。

二次托生牛，他可不敢再给杜善人托梦了。这牛长得大，有劲，别人家都用俩牛耕地，它一个就行，这活儿干得太好啦。三年期满了，弥勒佛这才给杜善人托梦。说："这回变牛我给你效了三年力，我要走了，你还得杀我。肉卖了，用它炒菜剁馅子，千刀万剐随便。不过，牛皮你可别卖了，马上你家有大难临头。在东边的山里有十八个强盗，他们杀人放火无恶不作。今天夜里三更就轮到你们这儿，到你们家要放火烧光，还要杀个人伢儿不留。"杜善人一听就跪下了，哀求说："弥勒佛呀，你得搭救咱们一家老少啊！"

弥勒佛说："这不难。你得依照我说的话办。依照我的话办，这十八个强盗不但不能杀你们全家，而且还能改恶向善。""请佛爷吩咐吧。""你把我的皮割成十八块，再打十八张凳子。今晚上在客厅里，你把这十八张凳子摆上，每张凳子上铺上一块牛皮。他们要问你什么，你就照实说，不许撒谎。然后他们叫你干什么，你就干什么。"弥勒佛说完，又问："你记住没？""记住了。""照我说的办吧。"杜善人醒来是一场梦。吃完早饭，他就把牛杀了，肉也卖了，随后割了牛皮，打了凳子，一切都准备完了。

到了晚上，夜至三更，十八个强盗果真来了，个个浑身血迹，杀气腾腾。害怕也不顶用啊，杜善人把他们让到客厅里。走进客厅，只见新打的十八张凳子分左、右两排摆着，每张凳子上还铺着一小块新剥下来的牛皮，把十八个强盗闹愣了，问：“你准备十八张凳子、十八个垫儿是怎么回事儿？谁告诉你我们十八弟兄要来？你铺新宰的牛皮垫是什么意思？今儿个你把这事说明白了，就饶了你全家性命，如有半点儿隐瞒，就把你家斩尽杀绝！”杜善人一听，照实说吧。他就把弥勒佛怎么扔善铜，吞粳粒，犯了天条，又怎么两次被贬投胎当耕牛，怎么杀它、割皮、打凳子说了一遍。又说：“昨晚上他给我托梦，说你们哥儿十八个今天夜里准到这儿来，我才准备了这十八张凳子和牛皮垫儿。”“你说的是实话吗？”“是实话。”“没撒谎吗？”“小人不敢。请大王饶命！”

说实话，这十八个强盗坐在牛皮垫上，心里可就敲起鼓来了，你瞅瞅我，我瞅瞅你，你叫哥，他叫弟。强盗头子站起来双手叉着腰说：“兄弟们，你们听着没？弥勒佛因为摘个善铜，损坏一棵粳子，犯了罪，两次被贬当牛做马；再看看咱们，咱们到处杀人放火无恶不作，这个罪孽得有多大！咱们怎么才能赎回那些罪恶呢！弥勒佛也不能来了，我看咱们自己惩罚自己吧。”说完，这十八个强盗就爬上了大柴火垛，坐在垛顶上说：“烧！咱们的罪恶太大啦，就得用火烧！”杜善人慌忙跪下说：“大王们呐，我可不敢点火！”“不行。你不点火，我们就宰了你！”逼得没法，杜善人这才找来几个人从柴火垛底下一齐点火。眨眼之间，只见烈火飞腾，像火龙一样，半拉天都红了。这时，忽听空中有人说话。是西天如来佛打发神仙来了，说："你们这十八个强盗，懂得了人间善恶，看破了红尘，从今改恶从善，一心向佛，如来佛爷收下你们啦。"这声音刚落，空中轰轰山响，只见这十八个人随着烈火升到半空中。后来，他们就成了十八罗汉。

这就是：弥勒佛虽然被贬身遭磨难，还度化了十八个强盗改恶向善。

讲述者：白国政　男　沈阳市新城子区　农民
采录者：于海琛　沈阳市新城子区文化馆　干部
采录时间：1987年2月
采录地点：沈阳市新城子区

大肚弥勒佛

弥勒佛本姓李，名叫李相善。他上面有四个哥哥，他是个老疙瘩[①]，从小就长得大头大脸大骨棒儿。

① 老疙瘩：兄弟中年龄最小的一个。

李相善出生一个月就什么都会说，可是直到五岁时，还不会叫声爹和妈，任人怎么逼，就是叫不出一声爹妈来。爹妈成天为这件事生气：哪有这种孩子！

有一天，爹爹又生起气来，看这孩子怕是个不祥之物。李相善见爹爹这样挺可怜，就憋呀憋呀，好不容易憋出个“爹”字来，这一声“爹”喊出口，爹爹承受不住，一口气没上来，噎死了。他慌忙去扶持，不觉脱口溜出一声：“哎呀妈呀！”只这一个“妈”字带出口，妈妈也像遭了雷击，立时死去了。两个老人都眨眼间死了，可气坏了老大哥。老大哥觉得家里出了个丧门星，留下他，日后不知要倒多大的霉，抄起把镢头就想抛了他锚①。二哥三哥扯住大哥手，替他苦苦求情。四哥推着他快跑，家里不留他就是了，害他一条性命干什么。

才五岁的孩子，离开家怎么活下去？他讨一口吃一口，可也活了过来。他睡了十年窑洞草垛，吃了十年残汤剩饭，到了十五岁时，上了五台山。

五台山一东一西两个庙，相隔不过一个山头。两个庙的僧人、土地都一般多，只因为前年东宫娘娘来东庙降过香，东庙的名声就高起来，东庙住持的架子也大起来，地吃租、钱放债，大粮仓四五个，过路的也讨不出一口饭。小银子在钱匣里生了锈，谁用谁拿都是打滚利。西庙跟东庙正相反，自家的土地自家种，余剩的钱粮全放施舍。

---

① 抛了他锚：辽南沿海地区方言。抛锚原意为落锚下水止船不动，这里引申为生命终止。

李相善的点儿气赶得背[1]，临来到五台山，已是大旱连三年，三年都有种无收。他听说东庙趁灾年抽回来粮好几大仓，要进东庙当和尚。怎么央唧[2]也不收留，讨口吃的也讨不出来。住持说："西庙放施舍，你去西庙试试看。"

他上了西庙，西庙倒是收了他。但是每顿饭凉水温成热水，有几颗米粒都能数得出，连住持都这么一碗一碗地喝。

李相善喝得不耐烦了，便问住持："东庙粮满仓，钱生锈，不好过去借一点儿吗？"住持叹了口气说："借也借了，头都磕破了，就是借不出来。"李相善没了办法，去扫面罐，扫米缸。他本打算扫出一点儿算一点儿，谁知本来是空空个面罐三扫五扫就满了罐，本来是空空个米缸，三扫五扫就满了缸。这米面从哪里来的？全来自东庙。这里多一罐，那里就少一罐，这里多一缸，那里就少一缸。有了米面就有了喜，李相善欢欢喜喜去撞钟，招呼难民来吃顿饱饭。料不到这边钟声一响，东庙住持的头就痛得像开了瓢儿，钟声不止头痛就不止，没办法，他两天一趟，三天一趟，不住地向西庙送银钱，求西庙别扫面罐米缸，别撞钟。

不扫面罐米缸难民吃什么？不撞钟难民怎知这里有吃的？李相善接了东庙住持的银钱，照样扫罐扫缸，照样去敲钟。有了钱，他还要扩建寺院，为难民遮风挡雨御寒呢。这样下去，直把东庙的米面钱财收净了，和尚也饿得

① 点儿气赶得背：运气很不好。
② 央唧：央告。

跑光了，东庙的住持才忽然开了窍：为什么不到金銮宝殿告状去！这一状，一告就赢了。东宫娘娘降过香的东庙，竟被妖僧给作践败亡了，把那妖僧抓起来。他不是为了吃的闹事吗？就拿吃的来治他。粒米不进，饿他八天。

八天转眼挨过去了，打开狱门，只见李相善活得好模好样的。皇上一怒，再加上八天。再加了八天他还没掉一点儿膘，还那么大头大脸大骨棒儿。皇帝越发恼怒起来：好吧，饿不死他就撑死他，一顿逼他吃八大碗饭，一天吃上八顿，连着吃上八天，只准吃，不准拉。

又过了八天，皇帝叫人往外拖尸首，一开狱门，皇帝吓得一愣怔，那和尚不但活得好好的，还吃出一身膘，肚子大得扣不上扣，衣裳敞开着怀，肚脐儿使劲往外翻，脸蛋儿胖得要流油儿，见了皇上，也不上火，不生气，一门儿笑。问他笑什么，他说："我笑的是天下可笑事。"

只这一句话，说得皇上哑口无言，退了回去。皇帝走了，他还是那么笑着，这副富态相挺招人爱。这么着，你庙上也来争，我庙上也来抢，争抢不到这位和尚的，就塑起他那笑呵呵的大肚子佛像，安放在自己庙宇里。

如今李相善这个活神仙是不在了，可那个笑呵呵的泥胎，大庙小寺无处不有。

讲述者：白富顺　男　满族　庄河县英烈士乡曹隈白屯　农民　小学
采录者：白清桂　男　41岁　满族　庄河县　农民　白富顺之子　小学

佛爷和母亲

矛里铁恩[1]离开母亲，出家修行，被煞介土巴佛祖收为三弟子。修炼五百年成为佛爷以后，他红尘未断，仍然

---

① 矛里铁恩：蒙古语，矛里为木连之意，铁恩为僧人，即木连佛爷。

眷念着五百年前的慈母情义。他寝食不安，走路想念母亲，诵经打坐想念母亲，睡梦里想念母亲，吃一口东西也想念母亲。

他的孝心深深感动了煞介土巴佛祖。一天，佛祖对矛里铁恩佛爷说："明天，你去人世上找你母亲，找到后把她接到佛国来吧。"

矛里铁恩佛爷叩谢了佛祖，摇身一变，变成一个云游喇嘛，背着钱褡子就上路了。他按照记忆回故乡。谁知五百年前的故乡早已沧海桑田，辨不出模样。找人一打听，谁也不知母亲在哪里。矛里铁恩佛爷伤心极了，心想，母亲究竟到哪里去了呢？茫茫人海，上哪儿去找她老人家呢？矛里铁恩佛爷急得哭了，他忧伤地唱起歌来：

用枝叶美丽的乌日勒树，
做成睡车哟，母亲！
不分昼夜陪伴着我，
精心哺育我哟，母亲！
用纹理细腻的爱丽门树，
做成睡车哟，母亲！
驱赶吸血的蚊蝇，
细心保护着我哟，母亲！
用价值昂贵的哈日嫩树，
做成睡车哟，母亲！
在漫长的冬夜，
用柔软的胸脯焐着我哟，母亲！

用气味芬芳的吐列波热树，
做成睡车哟，母亲！
每当我啼哭的时候，
用甜蜜的乳汁哺育我哟，母亲！
剪裁锦绣的绸缎哟，母亲！
磨损玉笋般的手指哟，母亲！
用千根针万条线哟，母亲！
给我做成袍靴哟，母亲！
有圣母般慈祥面容的母亲！
有葫芦般丰满乳房的母亲！
我怎能把您的养育之恩忘记！
走遍天涯海角寻找你呀，母亲！
你究竟在哪里？

不管月亮升起，太阳落下。矛里铁恩佛爷走啊走，他的嗓子喊哑了，眼睛哭肿了，身子折磨瘦了，袍子穿烂了，靴子磨露了。天下九州，他每个旮旯都找遍了，可咋也没见到母亲的踪影。

他哭着回到煞介土巴佛祖身旁，向佛祖诉说了心中的忧伤。佛祖告诉他说："人间没有，你不会下地狱去找吗？"

矛里铁恩听了佛祖的话，决心到地狱去寻找母亲。地狱比人间还要宽阔，东西十万里长，南北十万里宽，上上下下的地狱有十八层之多。每层地狱外还围绕着同样的十八层地狱，你说地狱该有多大？地狱里等级森严，到处漆黑一团，阴森恐怖，里面的男鬼、女鬼、老鬼、少鬼、冤鬼、恶鬼有千千万万，母亲到底在地狱里哪个角落呢？找母亲该有多难啊！

矛里铁恩没有灰心，他毫不犹豫地来到地狱门口，一看，地狱三万六千丈高、一千丈厚的两扇铁门闩得登登紧，连个缝儿也没有。不管他怎么喊叫也没人答应，他只好又返身回去找煞介土巴佛祖。佛祖给他一把锐利无比、法力无边的达乐杜九连环宝器。矛里铁恩叩谢了佛祖，接过宝器，又来到地狱门前。他两手举起达乐杜九连环宝器朝地狱大门猛然一击，只见火光一闪，“轰隆隆”惊天动地一声巨响，地狱大门被击碎了。顿时关在地狱里千年万载已憋出犄角来的无数天罡、地煞、凶神恶鬼乘机“嗖嗖”、“刷刷”地从矛里铁恩身边掠过去，转眼不知去向。矛里铁恩没闲心管这些，他手举达乐杜九连环宝器，宝器闪闪发光，像盏明灯，照亮了黑暗世界。他找遍了上上下下十八层地狱，老天不负孝心人，他终于在十八层地狱的最底层找到了日夜思念的母亲。只见母亲赤身裸体，披枷带锁，全身泡在半开的水里忍受着煎熬。母亲由于长期被半开的水浸泡着，浑身肉皮子烫得泛白，一块一块都烂了。别看泡在半开的水里，可母亲却不敢说一声烫得慌，一说烫得慌，马上就被推到冰洞里去凉快。

这冰洞是什么地方？没进去过的人不知道，里面是冰天雪地，一阵雹子一阵雪，像刀子一样割人皮肤的白毛旋风呜呜号叫。身上一丝不挂到那里能受得了吗？因此，矛里铁恩的母亲宁肯肉皮泡烂了也咬牙挺着，不吱一声。矛里铁恩一见母亲被折磨成这个样子，鼻子一酸，眼泪“刷”地流下来，他大喊一声：“母亲！”便扑上前去，跪在母亲面前，抱着母亲的双腿泣不成声。母亲用带铁镣的双手捧着矛里铁恩的脑袋，呆呆的眼睛凝视着矛里铁恩。突然，她浑身一抖，眼睛一亮，认出了自己的儿子，眼泪像泉水一样落在儿子脸上。她惊恐地四下扫了一眼说：“我的孩子，你咋上这儿来啦？这里不是人呆的地方，让妈亲亲你，趁他们还没看见，你快跑吧！”矛里铁恩泪流满面地对母亲说：“母亲，儿子前来救您老人家，从此咱们母子再也不分离啦！”母子俩正尽情诉说无尽的思念，突然，额日勒汉群鬼卒跑了进来。鬼卒指着矛里铁恩说：“就是这个家伙打碎了地狱大门，放跑了恶鬼。”额日勒汉上前一看，认出矛里铁恩佛爷，见他手执达乐杜九连环宝器，脸上怒气冲冲，知道来者不善，便笑脸说：“不知佛爷到此，有失迎接。”矛里铁恩说：“你这么折磨我母亲，该当何罪？”额日勒汉说：“佛爷！这话不对，你母亲五百年前生了你，那一辈子是你母亲，可是她死后已过五百年，不知过了多少辈子，已不是你母亲啦！”矛里铁恩说：“放屁！不论千年万载，母亲到任何时候也是母亲！快放开她，否则我绝不饶你！”说着举起了手中金光闪闪的达乐杜九连环宝器。

额日勒汉深知宝器的厉害，吓得浑身筛糠，不敢得罪矛里铁恩，只好把一肚子火泄在鬼卒身上。他顺手打了鬼卒一脖拐，嘴里骂道："看不见高低的东西，还不快放开佛爷的母亲!"

鬼卒捂着脸，吭吭哧哧掏出一嘟噜钥匙，打开母亲身上的枷锁。矛里铁恩上前背起母亲就走。母亲大概让鬼卒的酷刑吓怕了，临走时还哀求守热水汤的鬼卒说："行行好，这个地方还求你给我留着，千万别让别人进来，我回来还在这儿。"

矛里铁恩背着母亲出了地狱大门，正走着，忽然发现母亲不见了，他急忙四下寻找。原来地狱里的鬼卒偷着跟在母亲身边，逼着母亲变成一头牛。当矛里铁恩寻找母亲从这里经过时，这头牛对着他"哞儿哞儿"直叫唤，眼里还不住地流着泪。矛里铁恩认出是母亲，叹了口气，找个笼头把牛拴在一棵树上，然后回到师父煞介土巴佛祖身旁，向佛祖诉说了母亲的不幸遭遇。佛祖很同情他们母子，掐诀念起咒来，念了一会儿对矛里铁恩说："这回你回去吧，你母亲又恢复了人形啦!"

矛里铁恩叩谢了师父，来到那棵树下一看，只见母亲正坐在树下乘凉。矛里铁恩背上母亲又上路了。走着走着没留神，一眼没照到，母亲又不见了。他急忙腾云驾雾，四下寻找。找了半天，到底找到了，原来母亲跑到二百里外一户人家变成了一条狗。这条狗像狮子一样凶猛，见谁咬谁。谁从这家门口路过，非咬出血来才放口。说也奇怪，这只狗一见了矛里铁恩，突然变得非常温顺。它一见矛里铁恩过来了，便摇头摆尾迎上去，亲昵地围着矛里铁恩撒欢儿蹦跳，不住地用舌头舔矛里铁恩的手，并用两只前爪抱着矛里铁恩的腿，不让他走。矛里铁恩流着泪说："母亲，他们又逼着你变成狗了？不怕，这回再逼你，我打碎他脑袋！"

矛里铁恩背起这条狗上路了。走着走着，路过一片西瓜地，这条狗看见西瓜秧绊住了儿子的脚，便上前一口咬断了这棵西瓜秧。矛里铁恩一看，这棵西瓜秧上结着三四个青楞楞的西瓜，还没熟。心想：瓜秧好比母亲，这小西瓜蛋子就好比孩子，还没成人。如今瓜秧断了，就好比孩子失去母亲，没娘的孩子该有多可怜啊？于是蹲下身子，把西瓜秧扯一块儿对好，然后咬破中指，让血流出来滴在瓜秧上，瓜秧眼瞅着就接上了。今天我们看到西瓜秧上有一块红印，据说那就是矛里铁恩滴血接瓜秧的痕迹。

矛里铁恩历尽艰难困苦，终于把母亲接到佛国圣地。佛祖度化矛里铁恩的母亲也成了佛爷。这就是圣母的来历。

讲述者：武德胜　男　64岁　蒙古族　喀左县东哨乡十家予村　"好力宝"艺人

采录翻译者：乌忠恕　男　29岁　蒙古族　朝阳市政府　干部　大学

采录时间：1985年5月

采录地点：武德胜家

范丹老祖

从古以来，对要饭的叫花子谁不欺负，要到谁家，多少都得给点儿，这是老年留下的“令儿”①。说起这事儿，

① 令儿：规矩。

还有一个传说呢。

春秋时期，有一回孔子被困，一帮人饿了好几天。没办法，孔子只好打发他最信得着的学生颜回去借粮。朝谁借呢？朝范丹，他是孔子的好朋友。

颜回来到范丹家，敲敲门问：“范丹在家吗？”范丹出来了，问：“谁呀？”颜回答：“我，颜回！”范丹笑呵呵地打着招呼：“请进请进。”颜回就走进屋了。进了屋，范丹说：“请坐，请坐。”颜回就坐下了。范丹问：“孔夫子好吗？”颜回说：“孔夫子被困，快饿死了，打发我来借粮。”范丹问：“借多少？”颜回说：“得五十石。”范丹又问：“啥时候还？”颜回说：“老师没说。”范丹客客气气地请颜回喝茶，只是扯闲，一直不提借粮的事儿，颜回也不好再问。

唠了一会儿，颜回要走了，范丹送他出门儿，还是没提借粮的事儿。

颜回回到孔夫子那里，对孔子说：“老师，你的朋友真不讲义气！”孔子问：“怎么回事？”颜回把前后情况详细地说了一遍，孔子笑了，对颜回说：“你再去找范丹借粮，这回你得这么这么说，这么这么做……”嘱咐了一遍。

颜回又来到范丹的家，轻轻敲了三下门，问道：“范丹师叔在家吗？”范丹开门出来问：“谁呀？”颜回赶忙鞠躬说：“弟子颜回求见。”范丹连忙往屋里迎客：“请进，请进！”颜回说：“师叔在上，弟子哪敢先走？”范丹笑着说："好吧，那就同进同进！"说着拉着颜回的手进了屋，又连连让座："请坐请坐！"颜回说："师叔还站着呢，弟子哪敢先坐！"范丹就坐下了，又说道："同坐同坐。"颜回才坐下。唠了一会儿嗑，范丹站起身要沏茶，颜回慌忙站起说："弟子没孝敬师叔，已经内心有愧了，怎敢劳驾师叔费力？"说啥也不让范丹沏茶，范丹笑笑也就住手了。又唠了一会儿，颜回双膝跪下，给范丹磕头。范丹连忙扶起，问："这是干啥？"颜回说："弟子奉老师之命前来借粮。"范丹问："借多少？"颜回说："要饭吃的人怎能自己说数儿？求借人的事儿，怎么能自己说了算？师叔手头要方便，全凭心意，要手头不方便，不必难心。"范丹又问："什么时候能还？"颜回说："老师和我们都是讲信义的人，借的就是借的，借多少还多少，就是人死了，账也不能赖，子子孙孙辈辈还，还完为止。"范丹笑了笑，拿出一个小红布口袋，递给颜回说："拿去吧！把这个交给老师，吃剩下的连口袋还我就行了。"颜回看了看，太少了，又一想可也是范丹一点心意啊，也就没说啥，接过小红口袋，拜谢了范丹就回来了。在回去的路上，颜回觉得窝囊，费了好大劲儿，借了不到一两粮，怎么向老师交差啊？走到门口，他一生气，一下子把红布袋里的粮全倒了出来。哪曾想，眼前一下子出现了一个高高的大粮山，颜回一下子愣住了。正在这工夫，孔夫子来了，一看到粮山，脸就变了，对颜回说："颜回呀，这回你可惹祸了！不该把粮倒出口袋呀，这下倒好，范丹借给咱们这些粮食，祖祖辈辈也还不完啦！”

后来孔子和他的学生们渡过难关，到秋后却还不起范丹的粮了，孔子把红布袋空着还给了范丹，对范丹说：“往后我和我的学生们祖祖辈辈还你的粮，你背着空口袋，凡是借的人家，你就挨门挨户地要吧，保证都得给你粮！”从那以后，范丹就变成一个要饭的，往回要粮了。后来差不多家家都供孔子像，所以家家都给范丹粮，直到如今，这笔账还没还完呢。

讲述者：孙木匠　男　82 岁　康平县西关屯乡边台子村　农民　小学
采录者：徐国民　男　康平县文化馆　干部
采录时间：1986 年
采录地点：康平县西关屯乡边台子村

蒲团制伏了大力士

从前，天底下有四个大力士，他们是拜把兄弟，上哪儿去从来不拆伴儿。

四个大力士各有一手惊人的本事。老大不管柳树有多粗多高，用腰一别，柳树就得连根撅起；老二不管江河有多深多宽，一股劲儿就能把水喝干；老三不管地下石头多硬，一拳砸下去就能打口井；老四不管山多高多险，上去一脚就能把它踢倒。老大腰别柳、老二喝干海、老三拳打井、老四踢倒山，兄弟四人力大无比，威震四海，天下无敌，没有谁惹得起他们。

有一回，老大对哥儿三个说："哎，都说陈大娘长得美貌无双，可她这个望门寡妇，谁向她求亲都不答应。自古道：英雄恋美女，美女爱英雄。咱哥儿四个可也算得上古今少有的英雄了，不好到她那儿求亲吗？"小哥儿仨听了拍手同意，四人一起向陈大娘家走去。

一路上嫌树挡道，老大一别，树就连根撅了。遇到江河不愿蹚水，老二一口就喝干了。走得口渴了，老三一拳砸出口井来。山道难走，老四一脚踢成平地。四兄弟很快到了陈大娘家的宅院。

陈大娘正坐在院里蒲团上摆弄草药，抬头见门外来了四个大汉，问："你们来这儿有什么事？"

四兄弟齐声说："我们来求亲。"

陈大娘说："你们都知道我是不嫁人的，谁来求亲也不答应。"

四兄弟说："可是我们与别人不同，我们有本事。"陈大娘说："你们都有什么本事？"老大说："我能腰别柳。"老二说："我能喝干海。"老三说："我能拳打井。"老四说："我能踢倒山。"陈大娘说："你们兄弟四人的本事都不小，如果实在要求亲，我也只能嫁给你们其中的一个人，这就得比比谁的本事最大。”她抬起身递过蒲团，接着说：“你们兄弟四人各扯蒲团的一个角儿，谁能拽到自己那一边，我就嫁给谁。”

四兄弟齐声说：“好。”就一人扯一个角儿拽了起来。四个大力士力量差不多，都想把蒲团拽过去，又都拽不过去，一憋气拽了七七四十九天，蒲团还是原封没动。这时陈大娘到蒲团上面稳稳当当盘腿一坐，四兄弟觉得蒲团变得又大又沉，拎不动一齐松了手，全都被压在了下面。

陈大娘用拽蒲团制伏了四个大力士，从那以后满族妇女就开始坐蒲团了。蒲团是用包米叶子、靰拉草编成的，有圆形，有方形，到哪干活儿、唠嗑儿坐着舒适又防潮。编蒲团时手巧的妇女在蒲团底下四角编四个小人，手拙的编四个小疙瘩球，小人或小疙瘩球就是那四个大力士。

讲述者：佟凤乙　男　60岁　满族　岫岩县城西佟家沟　农民　不识字
采录者：张其卓　女　44岁　岫岩县文化局　干部　大学
董　明　男　32岁　满族　岫岩县岫岩镇文化站　干部　大专
采录时间：1983年
采录地点：佟凤乙家

下 楼 梯

“说书的嘴，唱戏的腿”，不假。咱不讲说书的，单说唱戏的，两条腿在戏台上走一圈儿，几千里地，拐弯抹角地就算到了。就拿上楼、下楼来说吧，在戏台上装模作样地走几步就算上了楼，再装模作样地走几步就算下了楼，谁知道这楼梯有多少阶！别看戏角儿上楼、下楼这么容易，可是在安东就为在戏台上演下楼这个动作，寒碜了各名角儿。别看安东这地场不大，来这儿唱戏的角儿都打怵。为啥？这儿有一帮戏痞子，他们明白戏，唱、念、作、打都懂得，也能演、能唱。虽说他们演得不十分像，唱得也不十分好，可是有时候还当票友。这一帮戏痞子可惹不起，凡是来安东唱戏的角儿，都得先拜拜他们。不光请他们白看戏，还得请他们“捧场”，要不啊，准卷沿子①。越是名角儿、好角儿，越怕丢名声，就越得找捧场的。

什么年月说不准了，安东来了个名角儿，是在全国出了名的。他觉得自个儿走南闯北，北京、上海、天津……都逛荡过，从来没卷过沿子。他一到安东，有人劝他先拜拜那帮戏痞子。他大鼻子一哼，理也没理，就出戏报，打炮②两天。

那帮戏痞子听说来了名角儿，就在家里等上了。可是，一等不来拜，二等还不来拜，等到见了戏报，才知道名角儿没理他们。这一帮人凑到一块儿一合计，你不来拜咱哥们儿，咱哥们儿买票进戏园子，找你的茬子。

到底是名角儿，打炮头一天，咱不知道唱的哪出戏，反正一出场就是好了，唱、念、作、打，连个针鼻儿大的

① 卷沿子：下不了台。

② 打炮：旧时戏角儿每到一地，先拿出真本事演出拿手好戏，叫打炮，一般连演三天。

毛病也挑不出来。那帮戏痞子都坐在池座里，你瞅我我瞅你，嘴里不服，心里服。

打炮第二天，咱也不知道唱的哪出戏，又是从头到尾多少个满堂好，连戏痞子也不得不拍巴掌，又是针鼻儿大小的毛病没挑出来。

鸡蛋里挑骨头难，磨道上找驴蹄印儿不难。再说，再仔细的人也有一差二错的时候，这茬子到底叫戏痞子们找上了。

打炮第三天，也是打炮最后一天，这一天不出茬子，就算打住了炮，安东这地场也得认账：是好角儿。咱也不知道这第三天唱的哪出戏，反正戏里有上楼梯、下楼梯这两个动作。这个角儿上楼梯上得好，用手装扮扶着楼梯栏杆，两只脚颤悠悠的，一阶楼梯一阶楼梯地上了楼。上了楼办完事儿还得下楼，就在下最后一阶楼梯的时候，台下又是满堂好。满堂好刚停，台下有人喊："好不要脸！"

这个"好不要脸"，比喊个倒好还打面子，比骂祖宗还难受，这个名角儿哪能受得了！他把手一摆，锣鼓家什一块儿停了。他走到戏台前面，对着台下施了一礼说："不知哪位师傅对弟子有指教？"

台下池座里立刻站起一个戏痞子，他说："我！"

角儿问："弟子哪地方做得不够，请师傅指点。""请问，你上楼梯走了几步？"角儿摇了摇头说："没数。""再问你，下楼梯走了几步？"角儿又摇了摇头说："没数。"

"我告诉你：你上楼梯走了十步，下楼梯走了八步，差的那两阶楼梯，你是蹦下来的吗?”

角儿明知道这是鸡蛋里挑骨头，可是人家挑得在理，只好点头，说：“谢谢指教，谢谢指教。”

从那以后，这个名角儿虽说再没来安东唱戏，可是听说他接受了这个教训，再演戏的时候，一招一式也不马虎了。

讲述者：倪德芝　男　64 岁　东沟县新沟乡柞木村　农民　不识字
采录者：王荷清　男　东沟县文化馆　干部
采录时间：1979 年
采录地点：东沟县新沟乡柞木村

海神娘娘

成神

很早以前，有一家姓林的，全家五口人：爹、妈、两个儿子、一个闺女。爹和两个儿子都是使唤船打鱼的。

这一天晌午，闺女睡晌觉。睡着睡着，冷了咬牙瞪眼，两只胳膊夹得登紧。妈一见闺女这样，随手打了闺女一巴掌："小死嫚子①，睡觉也不稳当！"

这一巴掌把闺女打醒了，"登棱"爬起来说："坏了，俺爹落水了！"

妈听了，连忙往窗外看，天晴，一丝儿风也没有，就瞪了闺女一眼说："小死嫚子，敢咒你爹！"

闺女说："俺爹真落水了。俺爹俺哥他们在深海老洋里打鱼，遭了坏天气，我才刚②去救他们，嘴里叼着俺爹，一只胳膊夹着俺大哥，一只胳膊夹着俺二哥。你一巴掌打得俺生疼，俺一张嘴，俺爹从俺嘴里掉进海里了。"

半晌，两个儿子回来了，一见妈和妹妹的面，放声大哭："俺爹落水了！"

妈哭了一阵，问他俩是怎么回来的。儿子们说："俺们在深海老洋里遭了风浪，船翻了，俺爷仨都落了水。不知怎的，就觉得有人用胳膊夹着俺，踩着浪回来了。"

这就一传十，十传百，说老林家闺女是神仙。再找闺女，没影儿了，再也没看见。有人说她成了海神娘娘了。

救渔船

有一条渔船，在大海里叫大风大浪折腾得眼瞅着要完

① 嫚子：对女孩子的称呼。

② 才刚：即刚才。

了，天也黑了，这可怎么办？

就在这时候，船老大看见船前面有一盏灯，就扳正了船舵，对准那盏灯跑起来了。

说也怪，大风大浪没停，船跑得挺稳当。船老大寻思那盏灯离得不远，可是跑了半个多时辰，那盏灯还在前面不远的地方忽闪。船老大心里翻了个劲儿，这准是神灵保佑了，就叫伙计："掌篷！"

伙计愣了："这么大的风浪，不敢掌篷啊！"

船老大说："叫你掌篷就掌篷，咱有神仙保佑。"

伙计们只得掌篷，船跑得更快了。约摸过了一个时辰，那盏灯不见了。船老大叫："下锚！"

下了锚，大风大浪还没停，船可挺稳当。黑灯瞎火的也不知道那是什么地方。

天亮了，一看，船停在东沟[①]外的一条沟里，像进了船坞一样。

这消息传开了，大伙儿琢磨这是哪位神仙救的？琢磨来琢磨去，老林家闺女不是没有了吗？准是她成了神，保佑船平安无事。这就给送了个神名，叫海神娘娘。

红头绳

因为海神娘娘常常显圣，救人，救船，使唤船的人越发信服海神娘娘。庙岛的海神娘娘庙一年到头不断香火，

---

① 东沟：今东沟县城镇东的一条沟，通海。

还有人用上等木材雕刻了大船的模型，挂在海神娘娘庙的殿上。

有一回，一条货船受了气①。三更半夜地来了场大风，下了大雨，鸡蛋大的雹子劈头沔，大浪就像小山一样，把货船一下子掀到浪尖儿上，一会儿又掉进浪窝里。船上的人慌神儿了，把几个大锚都下了，挖底浪②把大船掀得上来下去，顶不住了，可船③的人哭爹喊娘，这回可完了！

正在这时候，迎面来了一盏灯，越走越近，到跟前一看，是一条大船。别看风浪那么大，那条大船就像没事儿一样。

大船上有人问货船："你们怎么啦？"

"受气了！"

说话的工夫，大船上把流子④扔了过来，货船上的人接过流子七手八脚把流子绑在大柱子⑤上。大船开了，拖着货船走。别看大风呜呜响，大雨一个劲儿地下，鸡蛋大的雹子劈头沔，那条大船一点儿不在乎，货船上的人也觉得船稳当了。

约摸走了半个时辰，大船上有人喊："进坞了，把流子解下来还给我们吧！"

货船上的人刚要动手解流子，大船上又有人说："拉

---

① 受了气：遭到风浪的袭击。
② 挖底浪：从海底掀起来的大浪，形容海浪高大。
③ 可船：满船。
④ 流子：缆绳。
⑤ 大柱子：船上人专门用于绑缆绳的大柱子。

倒吧，咱们船上有的是流子，不要了！”接着就听见斧子砍绳子的声音，那条大船一直往前开走了。

货船上的船老大吩咐下锚，用篙一探水，才三尺深，这是到了什么地方？船上的人都说：“多亏那条大船，要不，咱们早都见龙王爷了！”

天亮了，风停了，一看，这不是庙岛船坞吗？船老大挺奇怪，起风下雨的时候，离庙岛少说也有三、四百里的，怎么这么快就到了？再说前面是大山，根本没有水路，拽咱们的那条大船怎么过去的呢？再看那根流子，哪是流子，是一根砍断了的红头绳！船老大明白了，是海神娘娘显灵救了他们，连忙办了香纸供品，下船到海神娘娘庙谢神。进了庙，一看前殿挂的那条雕刻的大船模型，船底还直滴答着水呢！

讲述者：高秉环　男　60 岁　东沟县北井子 不识字
采录者：王荷清　东沟县文化馆　干部
采录时间：1981 年
采录地点：东沟县北井子

泥人邱大师

早些年，有一个远近闻名的捏泥人大师，姓邱，大伙儿都叫他邱大师。

邱大师的手艺是祖传的，父传子子传孙，传来传去传到他这辈儿上。邱大师没事就合计，咱家干了几辈子，捏出的泥人儿，塑出的佛像，比天上的星星还多，可就是泥人变不成真人，泥佛变不了活佛，我的手艺倒多，咋能学到捏人人活、塑佛佛灵呢？

邱大师天天琢磨夜夜想，转眼过去了二十年。这工夫，他已娶妻生子，带上徒弟当了师傅。

那年，有个地方修了座九天玄女庙，请他去塑神像。他领着手下十几个徒弟就去啦。邱大师他们吃住都在庙里，一连干了七七四十九天，几层大殿的神鬼佛像差不多全塑完了，只差大殿正中神位上的九天玄女娘娘的金身还没塑成。邱大师塑了毁、毁了塑地来回折腾了九九八十一次，也没塑出一尊自己觉得可心的娘娘。他不是嫌这尊神态轻浮，就是嫌那尊过分庄重。九天玄女到底该是个啥模样？他也没见着过，急得吃不下、睡不好。

这天晚上，徒弟们都在配殿睡下了，只有邱大师一个人坐在正殿，守着空神位苦思苦想。他想着想着，忽听门外有女人叽叽嘎嘎的说笑声。这深更半夜的，谁家女子会到庙里来呢？邱大师忙躲到门后往外瞅，见两个小丫头挑着两盏大红纱灯在前面引路，后面跟着七八个像花一样好看的大姑娘，拥着一位仙女，她们说笑着奔正殿走来。邱大师细细端详，这仙女长得可真美，面如桃花却不轻浮，眉目含情还挺庄重。

邱大师见了，乐得大叫一声：“嘿，这就是神女呀！”

他这一喊不要紧，仙女们忽悠一下子就不见了。邱大师一着急醒了，才知道刚才是做梦，可那神女的音容笑貌他却记得真真亮亮。他赶忙虎身站起，抓起泥巴塑呀塑，忙活到金鸡三唱东方亮。等到徒弟们早晨起来一看，见师傅的手里攥着泥睡在地上，一尊活脱脱的神女像已塑了出来。

在临交工的头一天晚上，邱大师躺在炕上翻来覆去地睡不着，觉得这尊神女像是自己从艺几十年来塑得最好的一个，应该在临走之前再去看看。他想到这儿，就披上衣服奔正殿走去。

邱大师来到神女像前上下打量，左看右看瞧不够。他瞅着瞅着，忽见神女的眼皮儿一撩、长袖一甩就从神位上走了下来。邱大师一愣，不由得连往后退。九天玄女笑着问他："你直劲往后躲啥呀?""怕娘娘怪罪。""怪罪你啥?""我学艺不精，怕有不合娘娘心意的地方。""塑得不错，挑不出啥。不过，离塑神神灵、捏人人活还差些。""请娘娘指点。""跟我来。"

九天玄女说着，就领邱大师来到一个山清水秀的峡谷里。九天玄女指着一堆小山似的泥，对邱大师说："你要按照自己心中所想去塑，等你把这些泥用完，我自会来接你回去。"

邱大师答应了。从此，他真就一人待在山谷里，抠着那堆泥，不分白天黑夜地捏呀、塑呀，手脚不停地干。他饿了，就摘山中野果子吃；渴了，就捧一口山泉水喝。

日子一天一天地过去了，那堆泥逐渐逐渐地见少，眼瞅着再捏六七个泥人儿就用完了。这时，邱大师忽悠一下想起来，徒弟们跟自己转腾了这么多年，还有好几个没混上媳妇呢，莫不如捏上几个大姑娘带回去，给他们做媳妇。

就这么的，邱大师一边琢磨一边捏，一口气把泥用完，正好捏出七个天仙似的大姑娘。他刚把泥姑娘们一个挨一个摆放在地上，忽然随风飘来一片柳絮飞花，落在泥人身上。邱大师怕晒干了以后抠不掉，就捧起泥姑娘用嘴往下吹，吹完一个放一边，吹完一个放一边。等他把七个泥姑娘吹完，再扭脸一瞅，愣住了。泥姑娘变成了活姑娘，她们一顺水儿站在邱大师跟前，齐刷刷张嘴叫师傅。把个邱大师乐得呀，直吧嗒儿吧嗒儿掉眼泪儿。

这工夫，九天玄女驾着五彩祥云飞来，乐呵呵地说："邱大师，你的手艺学成啦，快些回去吧！"

九天玄女说着便推他一把。邱大师一惊，睁开眼，撒目四周已天光大亮。瞧瞧自己，浑身上下被夜露水打个响透——原来，他在庙后草地上趴了一宿。邱大师想：难道说自己又做了一个梦？等他揉揉眼睛仔细看，那七个大姑娘却真真地站在自己跟前。这到底是做梦还是真事？

邱大师正在呆呵呵地猜疑，只见徒弟们吵儿巴火地跑过来问他："师傅，师傅，你咋跑这儿睡觉来啦？""我睡几天啦？""还几天呢，这一宿就够您受的啦！""咋的，我才出来一宿吗？""是呀，咱大伙早晨起来，见您不在庙里，就全都吓毛丫子了，琢磨老半天才在这里找到您的！"

这时，邱大师心头一亮，猛然醒悟。

有一个徒弟指着他身后的那帮俊姑娘，悄声问："师傅，她们是干啥的呀？"邱大师笑着说："你们的媳妇哇！"姑娘们听说都羞红了脸，小伙儿们也臊得低下了头。从此，邱大师真就"捏人人活、塑神神灵"了。

讲述者：薛天智　男　52 岁沈阳市于洪区建筑公司　工人　初中
采录者：刘　敏　男　沈阳市于洪区文化馆　干部
采录时间：1986 年
采录地点：薛天智家

石定坠舟

船是海上的运行家把什儿，又要航行，又要停泊。大海时常有大风浪，要是不用专门的家把什儿把船定住，船就会被潮水带走，或撞在岸边。在锚还没出世的时候，人们把独木舟和小舢板用绳子拴在岸边的石块儿或树桩上，害怕被风浪卷走。这种法子在江河边上管用，在大海边就玩不转了。要是船在海上遇着大风，你往哪里拴船去？就在古人为这件事发愁的时候，有一个叫石定的小伙子用“坠舟石”这笨家伙，治服了海风，泊住了舟船。

石定的父亲是个捻匠①，修船造船有一套，两个儿子也不熊②，又能出海打鱼，又会帮父亲修船造船，有一股子蛮力气，几百斤重的大石头，搬起来就走。可就是缺心眼儿，三加五不知道等于几，不识数，只知道使蛮力气干活儿，只要爹吩咐他俩干的事，一宿不睡觉也一口气干完。

有一天，哥儿俩驾着舢板出海打鱼，打回的大鱼装满了舱。石捻匠看着这又肥又鲜的黄花鱼，知道能卖上好价钱，就和大儿子扛着鱼篓到集市上卖鱼，临走告诉小儿子石定：“你这不识数的笨小子，在家看好船，我和你哥卖鱼回来，要是这船没丢，给你买件狐狸皮褂子穿。要是看不住船，我让你光腚过冬！”

石捻匠连吩咐带吓唬，唬得小儿子石定连连点头，坐在小舢板上不动地方。捻匠高兴地到了集市上，拿鱼换兽皮，还倒找回一大把贝壳。找贝壳干啥？古人把贝壳当钱花，还不知道金银铜钱是啥东西呢！拿这贝壳，想换啥就换啥！

石捻匠发了一笔小财，领着大儿子吃了一顿老虎肉，

---

① 捻匠：指专事加固船体、密结板缝的工匠。

② 不熊：这里指不孬。

只花了一个贝壳，挺高兴。又遇着几个熟人，唠了半天嗑儿，忽见天上起了卷毛云，觉得凉风嗖嗖地吹。捻匠心里“咯噔”一下，接着心“咚咚”地跳起来，一拍大腿叫起来：“糟了，海上要起大风，我光顾在这儿瞎扯，把个笨小子留在家里，他干重活儿不犯愁，看船怕是看不住，再大的力气也抗不住大风啊。要是卖两篓鲜鱼刮丢一条船，可赔本了。”捻匠心急火燎，领着大儿子三步并作两步，撒开丫子往家跑。

三十多里的山路，爷儿俩跑了有一个半时辰，到海边，只见一些马架子窝棚全都散架了，原来拴在海边的渔船，一艘也不见了。一问在山背坡淌泪抹眼的打鱼人，才知道这些渔船都让大风刮到海里去了。

石捻匠看这风势，浑身就像散了架子似地倒在地上，望着大海直抹泪，大儿子催他走，他说：“咱俩跑得再快也不赶趟了，凭你那不识数的弟弟，拖船拖不上岸，那条舢板算是完蛋了！唉，都怪我不该在集市上贪吃虎肉闲唠嗑儿！”

石捻匠在大儿子搀扶下，走了百十步，坐在地上望着大海哭，大儿子劝不住，背起老爹往家跑。到了家，天都黑了。进了屋，石定就端上早已煮熟的大螃蟹，憨糊糊地说：“爹，哥，吃螃蟹！”就没话了！捻匠说：“船都让风刮跑了，愁死人了，还吃什么螃蟹，端下去！”石定说：“船在海边，你们快吃蟹子吧！”捻匠一听忙问：“船在海边？真的吗？”

石定说："嗯，在那儿！"捻匠一个高儿地从草铺上蹦起来，一下子冲出窝棚，跑到海滩一看，黑糊糊的海边果然有个黑点点，真是条小船，是他石家的宝贝舢板。他想扯绳子把船拖到岸边，摸索了好一阵，也没摸到缆绳。石捻匠问石定："拴船的绳子呢？""断了。""啊，断了！那船为啥没漂走！""让我把绳头拴在石头上咋能漂走！蟹子真大，别放凉了，爹，哥，回去吃蟹子吧！"

捻匠和大儿子哪有心思吃蟹子，一个劲儿地问这船是怎么拴在石头上的。究根问底，石定就是那几句话，好像车轱辘，推推转转，多一个字也说不出，气得捻匠骂了起来。石定呢，有话说不出，道不出，光冲着爹和哥一个劲儿地憨笑着。

第二天，风还是不停地刮，石捻匠和大儿子手拄木棍，看那条在浪涛中颠簸的小舢板，不管风浪怎么颠簸，终不离那一丈见方的海面，真神了！

第三天，海风终于停了。石捻匠带两个儿子游到小船上察看，见船上的四条缆绳，牢牢地拴在海下四块两三百斤的大石条上，有了这四块大石条坠着船，才使小船啥事没有。海里怎么碰巧有四块石条呢？石定怎么找得那么准？问石定，石定还是憨糊糊地笑笑说："这是我从岸上搬去的呗！"

捻匠说："想不到你三加五不知等于八，却能想出这么个好主意！"

石定说："风刮断了绳子，俺接不上，就扛着大石头下了海，把绳头拴在石头上。可俺看风越刮越大，就把断在岸上的这半截儿拴上石头，扛进海里，另一头拴在小船上，要不然船跑了，光腚过冬，多害臊！”

石捻匠听了，一边夸儿子有出息，一边心疼地想，儿子在风浪中一准儿费了不少劲儿。这孩子听我吩咐，啥活儿都是实打实地干，可俺答应给孩子买的狐狸皮衣裳，还得去买回来。

从那时起，人们都学石定的法子拴船，还给它取了个名字叫“坠舟石”，又叫“石碇”。

讲述者：周永福　男　74岁　长海县海洋岛　渔民　不识字
采录者：徐延顺　男　37岁　长海县海洋岛驻军　干部　大专
采录时间：1983年8月
采录地点：长海县海洋岛大滩屯